바람의 언덕에 서서

1판 1쇄 발행 2022년 3월 30일

지은이 이선율

편집 홍새솔 **마케팅** 박가영 **총괄** 신선미

펴낸곳 하움출판사 **펴낸이** 문현광
주소 전라북도 군산시 수송로 315 하움출판사

이메일 haum1000@naver.com **홈페이지** haum.kr
블로그 blog.naver.com/haum1007 **인스타** @haum1007

ISBN 979-11-6440-956-3 (03810)

바람의
언덕에
서서

1부   나의 이야기

2부   내가 걸었던 길

3부   사유의 시간들

나의 길을 담다

      어머니는 막내인 나의 단복을 늘 정성스럽게 다림질하셨다. 그때마다 테이프가 늘어지도록 소니 카세트로 「G 선상의 아리아」를 들었다. 지금도 「G 선상의 아리아」를 들으면 잠시나마 영혼이 맑아지는 느낌을 받는다. 어머니의 온화하면서 주름진 손과 얼굴이 이 바흐의 곡처럼 아름다웠다. 그때의 선율을 떠올리며 글과 음악과 여행을 생각했다.

  여행을 참 많이 다녔다. 타향에서 많은 도시를 걸었고 익숙한 곳을 가면 그 도시들이 지루하기도 했고 늘 가족과 집이 그리웠다. 그러다 코로나가 일상이 된 지금 타향이 가끔 그립고 생각난다. 나는 익숙한 곳에만 머물러 있으면 지루해지나 보다.

  지금 또다시 여행을 갈 생각을 하며 다니던 도시의 골목길과 가로등 불빛을 떠올리고 그 아름다웠던 순간들을 그리워하고 있다. 지나간 것은 모두 그립고 아름다운 것인지도 모른다. 어머니의 고운 눈길처럼….

  몇 년을 벼르고 벼르다 개인 SNS에 모아 두었던 글들을 소환해 다듬어 보았다. 이 책을 통해 내면을 들여다보고 내가 성찰할 수 있는 계기가 되었으면 좋겠다. 리베카 솔닛이 "여행은 마음의 발길이다."라고 했는데, 내 마음의 발길이 닿았던 곳들이 활자화되어 책으로 볼 수 있다니 설렌다. 가슴이 뛴다.

1부 _____

나의

이야기

노래의 신동, 8살 때「라 스파뇨라」를 부르다

방송에서 들려오는 보로딘의 현악 4중주 2번 3악장「녹턴」에 온몸을 맡기며 따뜻함과 섬세한 선율에 눈을 감았다. 곧이어 디제이의 멘트가 들렸다. 전교생이 달랑 31명뿐인 내 고향 대천 옆에 있는 어느 섬의 초등학교에서 서울에 수학여행을 왔다는 내용이었다. 이 멘트를 들으니 가난했던 나의 유년 시절이 떠올랐다(그 시절에는 이웃이고 친척이고 못사는 사람 천지였으며 대다수 국민은 빈궁에서 해방되고자 억척스럽게 노력했다. 우리 집도 예외는 아니었다). 모든 기억을 다 간직할 수 없어 숨겨 놓는 게 아름다울 수 있지만, 그것들을 짧은 글로 간직하는 것은 더 아름다운 것일지도 모른다고 스스로 위로해 보며 오래된 기억을 더듬어 본다.

아주 어린 시절의 기억은 터널처럼 까매서 잘 떠오르지 않는다. 단지 광주리에 앉아서 입이 좀 삐뚤어진 채 울고 있던 한 세 살에서 네 살 사이의 흑백 사진을 통한 희미한 기억뿐이다. 그 사진조차 없어진 지 오래되었다. 가끔 입삐뚤이라고 놀림을 받는데 그 이유는 잘 모르겠다. 지금도 프레젠테이션을 할 때 표정을 보면 옛날 흔적들이 살짝 보이고는 한다.

내가 살던 곳은 창고 같은 것을 개조한 유리창도 없는 어두컴컴한 집이었다. 당시 일본에서 학교를 졸업한 아버지는 허우대만 멀쩡하고 한량이셔서 특별한 직업 없이 공사판을 떠돌면서 감독 같은 일을 하셨는데 수입이 생기시거나 기분이 좋으실 때면 양손에 건빵 같은 것을 가득 들고 오셔서 식구들을 즐겁게 해 주신 기억이 난다. 나는 아주 어렸음에 도 불구하고 밤이면 아버지의 인기척이 나기만을 기다리며 졸음을 참곤 했었다. 그 피를 이어받아서인지 지금도 난 집에 아이들 주전부리를 사 들고 가고 가끔 우리 아이들도 집에 올 때 까만 비닐봉지를 들고 온다.

더 기억에 남는 일은 초등학교 입학 전, 어머니가 날 둘러업고 병원에 급히 갔던 일이다. 어머니 뒤에서는 둘째 누나가 내 이름을 부르며 내가 죽었다고 울고불고 난리를 쳤고 어머니는 날 둘러업고 논길을 따라 병 원으로 온 힘을 다해 뛰셨다. 나는 어머니의 등에 업혀 하늘을 봤는데 아 주 하얀 색깔이었던 기억이 난다. 내가 혼절한 모습이 누나 눈에는 무엇 인가 잘못된 거라고 느껴졌으리라. 그날 나는 용케 응급 처치를 받아 사 지에서 돌아올 수 있었다. 그때 막내아들을 살리려고 온 힘을 다해 뛰셨 을 어머니 생각을 하니 억장이 무너지고 가슴이 아려 온다.

초등학교에 가기 전, 사정이 조금 나아져서 사방이 훤한 한옥에 전세 로 들어가게 되었다. 주인집에는 젊었을 때 혼자가 되신 아주머니와 그 분의 시아버지인 할아버지가 계셨는데 할아버지는 박완서의 소설『그 많던 싱아는 누가 다 먹었을까』에 나오는 고집 센 할아버지와 성격 및 스타일이 여러모로 흡사했다. 주인집에는 C 대 성악과를 다니던 손자도 있었는데 난 늘 아저씨라고 부르며 잘 따랐다. 그 아저씨는 배가 볼록하 게 나온 나를 보고 1원짜리 배 사장이라 놀려 대고는 했는데 어느 날 날 앉혀 놓고 따라 해 보라고 하며 가르쳐 준 노래가 바로 슈베르트의「들장미」와 「라 스파뇨라(스페인 아가씨)」이다. 난 한 소절 한 소절 곧잘 따라 불러 댔다. "좌 아인 크나브 아인~ 레슐라인~ 스타인" 하며….

아저씨가 잘한다고 "원더풀!"이라고 남발하는 바람에 신명 난 나는 난 생처음 해 보는 뜻도 모르는 외국어 발음이 신기하기도 하여 엉터리지만 열심히 배웠다. 그러다 아저씨가 군대에 가서 나는 사람들 앞에서 멋지게 뽐내 볼 기회를 영영 잃게 되었다.

오십 년도 지난 오래된 노래의 가사가 내 머릿속 기억 창고에 저장되어 아직도 술술 나오는 걸 보니 코흘리개 시절 감당하기 어려웠던 성악곡들을 부른 것은 정말 가슴 벅찬 일이었던 듯싶다. 마치 몇 년 전 콘서트 홀에서의 합창 공연처럼….

그 아저씨의 칭찬 때문인지 합창 연습을 하는 날이면 열 일 제쳐 놓고 뛰어가는 나를 발견하고는 했다.

「라 스파뇨라」를 들어 본다.

적막강산에 쌓인 듯 고요한 아침이다. 마치 베르베르의 『고양이』에서 쥐의 왕을 격퇴하여 쥐가 다 죽은 듯이 말이다.

  박완서의 『그 많던 싱아는 누가 다 먹었을까』에 이어 『그 산이 정말 거기 있었을까』를 다 읽고 지금은 『그 남자네 집』을 읽고 있다. 『그 산이 정말 거기 있었을까』에서 스무 살 꽃다운 처녀 시절의 기억을 더듬어 가며 때론 비밀스러운 추억들조차 그분의 고유한 언어로 치밀히 그려 낸 것은 평론가의 이야기대로 소설이기 이전에 기억이다. 참혹한 전쟁 속에서도 피워 낸 진실하고 단순하며 소박함이 넘치는 인간적인 이야기들에 감탄하며 내 유년 시절의 깨알 같은 추억을 소환해 본다.

· 우측에서 세 번째가 필자이며 이 중에 '별리의 소녀(204p)'도 있다.

어린 시절 구슬치기와 딱지치기를 하도 많이 해서 손이 거북이 등처럼 갈라졌던 나와 친구들은 고인이 된 레슬링의 왕 김일 아저씨가 TV에 나오는 날이면 동네에 TV가 있던 변호사 집에 우르르 몰려가 마지막 승부수인 명품 박치기에 열광했다. 경기가 끝나면 우리는 작당해 김일과 천규덕을 흉내 내며 모래판 위에서 뒤집어 메치기를 어지간히 해 댔고 덩치가 큰 친구는 김일의 맞수인 '인간 산맥' 역할을 늘 자처하고 나섰다.

당시 사람들은 공동 우물을 사용했다. 마음이 약하셨던 아버지는 풍덩 소리가 나면 어머니를 채근하며 빨리 나가 보라고 하셨다. 혹시 자식들이 우물에 빠졌을까 봐 두레박 소리에 놀란 가슴이셨으리라. 그 피를 이어받아서 나도 여름에 선풍기를 켜 놓고 자는 딸, 아들 방을 수시로 열어 보다가 핀잔만 듣는다. 요즘 애들은 참 알 수 없다. 무슨 비밀이 그리 많아 방문을 꼭꼭 닫고 있는지.

지금 나는 중개 일을 한다. 좋게 말하면 무역업을 하는 것이고 그냥 표현하면 부동산 중개업 같은 그야말로 구전 먹는 거간꾼이다. 집 장사를 하다가 벌이가 시원치 않아 힘에 부치지 않는 복덕방으로 전업하신 아버지가 집을 소개하고 챙기신 구전 말이다. 한 건을 하면 늘 양손에 뭔가 잔뜩 들고 집에 오셨는데 점차 그 횟수가 줄어들었던 기억이 난다.

학교가 파하고 아버지가 일하시던 부동산 사무실 문을 빼꼼히 열고 들어가면 아버지는 주름진 얼굴로 반갑게 맞아 주시며 100원짜리 동전을 내 손에 꼭 쥐어 주셨고 난 그길로 동네 어귀의 찐빵집에 달려가서 김이 모락모락 나는 찐빵을 사고 식을까 봐 가슴에 품은 채 부리나케 집으로 뜀박질하고는 했다. 한 입 베어 무시던 어머니, 그 어머니가 밭에서 호박을 따다 새우젓찌개를 끓이시고 고추장에 밥을 싹싹 비벼 주시면 그리 맛있었는데…. 지금은 통 그 맛을 흉내 낼 수 없다. 선풍기도 없던 그 옛날 땟물이 줄줄 나온다며 내 등을 찰싹 때리시고 차가운 우물물을 등에 뿌려 주시던 어머니의 손맛과 그 등목이 올여름엔 몹시 그립다.

추억은 이렇듯 아름답고 쓸쓸하고 때론 슬프기도 하다. 다시 돌아오지 않으므로….

드르들라의 「추억(Souvenir)」을 들어 본다.

추신: 더 자라서 중학교 반 배정 시 적어 내던 '가정 환경 조사서' 때문에 "아버지의 직업을 무엇으로 적을까요?"라고 여쭈어보면 아버지는 늘 "건축업이나 건설업으로 적어라."라고 하셨다. 그래서 그런지 난 아버지를 닮아 허풍이 세다.

발하임의 언덕에서

며칠 전의 대한을 비웃기라도 하듯 발하임의 언덕엔 군자란의 꽃봉오리들이 살포시 고개를 들었고 흰 도라지꽃 같은 난초꽃들이 피어 있다. 달 포 반이나 일찍 찾아온 꽃들의 봄소식에 따뜻한 사랑마저 감돈다. 우리 집, 이 몇 평도 안 되는 베란다의 작은 공간을 나는 '발하임의 언덕'이라고 부른다. 『젊은 베르테르의 슬픔』에 나오는 베르테르가 그 언덕에 앉아 자연을 노래한 것처럼 나도 이 언덕에 서서 잠시 창밖의 바깥세상을 구경하고는 한다.

혹자는 아파트 베란다 가지고 웬 발하임 타령이냐고 하겠지만 도심 속의 성냥갑 같은 아파트라도 녹음이 우거질 때 바깥을 보면 제법 근사할 때도 있다. 이 발하임 언덕은 성역 같은 곳이어서 내 식솔도 함부로 물을 줄 수 없는 신성불가침한 곳이다. 출장 갈 때를 제외하고는 일주일에 한 번, 꼬박꼬박 직접 물을 주며 화분들을 특별 관리한다. 어쩌다 장기간 출장이라도 가면 물 주라고 신신당부하며 그것도 미덥지 않아 카톡으로 화분 안부부터 묻는다. 오늘 아침 물을 주다가 군자란의 꽃대가 굵은 잎의 틈새를 비집고 올라온 걸 발견하고 나도 모르게 안도의 웃음이 나왔다. 올해로 겨울을 버텨 준 지 30년도 넘은 군자란, 햇볕 세기와 양분의 정도에 따라 성장이 다를 것인데 보름 후 만개할 군자란의 모습은 작년과 닮은 듯 다를 것이다.

이 군자란은 어머니가 주신 사랑의 징표 같은 것으로 내가 신줏단지 모시듯 애지중지하는 보물이다. 몇 년 전에 모진 추위를 견디다 못해 동사하여 가슴이 찢어지는 듯했으나 다행히도 반쪽이 살아남아 계속 꽃을 활짝 피워 내 마음을 안심시켜 주었다.

· 발하임 언덕의 군자란

매년 이 군자란의 꽃봉오리가 빠끔히 고개를 내밀 때가 되면 이 꽃을 소재로 누나들을 훌쩍거리게 만든다. 가끔은 어머니가 좋아하셨던 「메기의 추억」, 「옛날의 금잔디」를 이야기하며 장맛비처럼 울게도 한다. 올해도 어김없이 카톡으로 사진을 보내고 어머니와의 옛날 추억들을 이야기하며 누나들을 울릴 것이다. 이 군자란으로 잊혀 가는 어머니를 기억하고 누나들과 시시덕거리는 시간을 만들어 비밀스럽고 고유한 남매끼리의 시간을 가슴속에 아주 오래 간직하고 싶다. 특히 오늘 같은 세밑에는 어머니의 편지 속 "우리 내외는 네가 염려해 준 덕분에 별고 없다. 부디 건강히 잘 지내거라."라고 쓰신 그 길쭉길쭉하고 낯익은 글씨체가 그리워서인지 아니면 3월 어머니 기일에 그리 사랑하셨던 손자 결혼식을 핑계 대고 성묘를 가지 못해서 그런지 며칠 전 밤에는 어머니가 그리워 베갯잇을 적셨다.

도시의 한복판에 이런 좋은 언덕이 있다는 걸 누가 믿을까!

김소월의 시를 노래로 만든 「엄마야 누나야」를 들어 본다.

빨래, 어머니를 그리며

—

난 여행 가서 다림질과 빨래를 즐겨 한다. 호텔에 비치된 샴푸로 조물조물해서 탁탁 털어 옷걸이에 걸고 외출해 돌아오면 뽀송뽀송한 옷이 나를 반겨 준다. 여행을 갈 때는 "옷은 적게 돈은 많이 가져가라."는 여행 작가의 이야기와 몇 년 전 작고한 『세계는 넓고 할 일은 많다』 김우중 회장의 출장 중에는 친히 양말을 빨아 신는다는 생활 철학 때문에 습관이 그리 들었는지도 모른다.

빨래를 널고 있는 순간이면 늘 어머니가 떠오른다. 정겨웠던 순간들과 고생해서 쪼글쪼글해진 생전의 모습과 특히 막내아들을 지극 정성으로 대하신 순간들이 떠올라 한참 동안 눈물짓고는 한다. 그렇게 효자 행세를 하더니 돌아가신 지 십오 년도 넘은 이제는 어머니 생각을 잘 하지도 않는 불효자인 주제에….

"엄마, 빨래 어떻게 해?"
"잉, 그거? 미지근한 물에 조물조물해서 탁탁 털어."

언젠가 크로아티아의 두브로브니크에서 멋지고 고풍스러운 성안에 빨래가 잔뜩 걸려 있는 걸 보고 '왜 저런 멋진 곳에 볼품없이 빨래를 널었지?'라고 생각하며 의아해한 적이 있는데 곰곰이 생각해 보면 그들도 나처럼 빨래를 널면서 어머니와 자연을 그리워하고 있었는지도 모르겠다.

따뜻한 햇볕에 바깥의 빨래가 잘 마를 것 같은 오늘, 아주 오래전 어머니의 다듬잇방망이 소리를 그리워하며 이해인의 시 「엄마를 부르는 동안」을 옮겨 본다.

엄마를 부르는 동안

엄마를 부르는 동안은

나이 든 어른도

모두 어린이가 됩니다.

밝게 웃다가도

넓게 울고

좋다고 했다가도

싫다고 투정이고

변덕을 부려도

용서가 되니

반갑고 고맙고

기쁘대요.

엄마를 부르는 동안은

나쁜 생각도 멀리 가고

죄를 짓지 않아 좋대요.

세상에 엄마가 있는 이도

엄마가 없는 이도

엄마를 부르면서

마음이 착하고 맑아지는 행복

어린이가 되는 행복

\# 신영옥의 음성으로 「Mother of Mine」을 들어 본다.

· 두브로브니크 성에 걸려 있는 빨래들

마나님 귀 빠진 날, 나의 아름다운 당신에게 ___

8월 첫 번째 주일 아침 일어나자마자 마나님 깰까 살금살금 조심스럽게 부엌으로 갔다. 고기를 넣고 들기름에 달달 볶다 물 부어 미역국을 끓일 생각으로 미역을 찾았으나 보이지 않는다. 마나님 귀 빠진 날인데 그럼 뭘 해 줘야지 잠시 고민에 빠졌다. 이럴 때는 커피라도 맛있게 타는 시늉을 해야 한다. 가만히 있다가는 큰일을 치르게 되니 말이다.

참 그러고 보니 이 부엌이란 말을 오랜만에 쓴다. 언제부터인가 주방 또는 키친이란 현대식 말이 더 많이 쓰이는 아파트에 살아서인가? 예전엔 부엌에서 차린 소박한 상을 문지방 넘어 들여와 밥을 먹었는데 말이다. 우물, 부뚜막, 문지방, 뒤주 등 정겨운 단어들이 사라진 듯하고 아이들한테는 이제 외래어처럼 들리는 듯해 꽤 씁쓸하기도 하다.

그나저나 생일잔치라고 하면 특별히 하는 일은 없어도 형제들이 모여서 밥 먹고 수다 떠는 맛에 기다려지고는 했는데 이제 나이 먹는 게 서러워서인지 모이면 아픈 형제들과 늘 보던 형마저 보이지 않아서 그런지 고향 사투리로 영 개갈 안 나는 생일잔치다.

강석우가 진행하는 라디오 「아름다운 당신에게」라는 클래식 음악 방송에서 나온 내용을 옮겨 본다.

그들 부부는 저녁을 함께 먹은 후 아이가 잠들 때까지 이야기를 들려준다. 여자는 그와 함께 축구 경기를 본다. 처음에는 마지못해 보았지만 이제는 그녀도 열성 팬이 되었다. 남자도 함께 드라마를 본다. 그도 이제는 자신이 좋아하는 드라마를 챙겨 보게 되었다. 아이가 하루가 다르게 무럭무럭 자라는 동안 부부는 하루하루 늙어 간다. 더 이상 예전만큼 혈기가 왕성하지도 자신감이 충만하지도 않다. 대신 그들은 평온해지는 법을 배운다.

여자는 담배 좀 피우지 마라, 술 좀 그만 마셔라 하며 잔소리가 많아진다. 남자는 이제 아내의 화장품을 어떻게 골라야 하는지 알게 된다. 그리고 아직 안 늙었다며 예쁘다는 소리를 입에 달고 산다. 곧 퇴직이 다가오고 허리도 굽어 온다. 부부에게는 각자 매일 챙겨 먹는 건강 보조 식품이 생긴다. 아들은 가정을 꾸리고 그들에게는 며느리가 생긴다. 여자가 아프다고 하자 남자는 그녀를 데리고 병원을 찾는다. 의사 입에서 아무 문제가 없다는 소견이 나오는 순간 두 사람은 깊은 안도의 숨을 내쉰다. 텔레비전을 보며 남자는 아내 다리를 주물러 준다. 꾸벅꾸벅 잠이 온다. 부부 모두 틀니를 하고 있다. 틀니를 빼면 그 모습이 우스워 서로를 놀린다. 여전히 매일 서로의 곁을 지킨다. 남자는 오늘도 주름이 자글자글한 아내 손을 꼭 잡고 있다. 지난 수십 년을 그래 왔던 것처럼….

내 옆을 지켜 주며 믿음으로 따라 준, 나와 함께 늙어 가는 나의 동반자 아내에게 나도 이렇게 고마움을 전해 본다.

나의 아름다운 당신에게!

슈만이 클라라에게 크리스마스이브에 헌정한 '3개의 로망스' 중 두 번째 곡인 「꾸밈없이 진심으로」를 김다미의 연주로 들어 본다. 남편인 슈만과 남편의 제자인 브람스, 두 남자에게 하염없는 사랑을 받은 클라라… 참 행복한 여인인 듯하다.

딸아, Carpe Diem이다

봄이 저만치 도망칠 것만 같아 뒤숭숭한 주말 아침이다. 몇 년 전 갑자기 유명을 달리한 로빈 윌리엄스가 출연한 영화 「죽은 시인의 사회」를 책으로 읽고 있다. 옆에서 딸은 자기가 입었던 중고 옷들을 후한 값으로 팔게 되어 연신 즐거워하고 있다. 난 "그래, 그 부업으로 하는 Trading 잘되면 좋겠다."라고 응원했다. 요즘 아이들이 많이 하는 중고품 거래를 나는 'Trading(무역)'이라 부르며 딸의 기를 살리고 있다. 그래, 딸아. 무엇을 하든 맘껏 즐겨라! 아무리 높은 지혜도 젊음보다 못하다는데….

"Carpe Diem." 그 유명한 구절이 소설 속에 나타났다. 책 마지막 부분에 주인공인 키팅 선생이 학교를 떠나던 날, 가장 영향을 많이 받았던 토드가 "Oh, Captain! My Captain!"이라고 눈물을 흘리며 책상으로 올라가 외치자 다른 학생들도 하나하나 책상으로 올라가 같이 소리치는 내용이 있다. 난 이 대목에서 윤동주의 「별 헤는 밤」의 주인공이라도 된 듯 소학교 때 책상을 같이 썼던 친구들의 이름을 조용히 불러 보았다. 아, 수업을 같이 받던 친구들과 그 책상들….

삶은 한순간도 그 자리에 머무르지 않으니 모든 친구가 오늘을 잡길 바란다.

Carpe Diem! Seize the Day!

· LA 출장길에 딸을 그리며 Carpe Diem!

문화의 변화가 세월의 흐름을 알린다. 요즘은 결혼 전에 떠들썩한 함진 아비의 함 파는 모습은 보이지 않고 결혼 전에 가는 친구들 우정 여행이 새롭게 나타났다. 동행하는 친구는 도원결의 의미를 담고 그 선택도 호들갑스럽다.

결혼을 앞둔 아들이 오늘 친구들과 일본으로 우정 여행을 간다고 했다. 아들 녀석을 공항버스 정류장까지 데려다주고 오며 비가 내리는 탓인지 허전함을 느낀다. 내년 5월에 결혼하겠다며 예식장을 알아보고 준비하며 이것저것 생각이 많은 아들을 보며 나의 총각 때 기억이 많이 떠올랐다. 지금의 아들처럼 결혼하여 살 집을 구하러 돌아다니는 나를 보고 부모님은 대견함과 함께 얼마나 노심초사하셨을까? 늦둥이 막내아들이라 붙들어 같이 살고 싶은 마음과 분가하여 잘 살아 주기를 바라는 마음이 잠을 설치는 많은 밤을 만들었으리라. 나는 버스를 타는 아들에게 손을 흔들며 결혼하기 전까지 더 살갑게 잘해 주겠다던 다짐을 다시 한번 웅얼거렸다. 허전한 마음이 조금 가벼워진다.

집에 돌아와 몇 주 만에 화장실 청소를 했다. 오물과 때가 낀 화장실 청소를 하며 독립할 아들을 생각한다. 고사리 같은 손으로 청소를 도왔던 아들, 그 아들이 벌써 결혼을 앞두고 있다니 세월이 참 빠르다고 생각하며 새살림을 해 나갈 아들이 행복한 나날을 보내기를 기원한다. 그리고 언젠가 저 아이도 화장실 청소를 하면서 아빠를 생각하는 날이 있겠지. 내일 아침, 도쿄의 어느 목욕탕에서 아들은 아마도 노래를 흥얼거릴 것이다. 아침에 샤워를 하며 노래를 흥얼거리는 아들의 모습은 어릴 때부터 보아 온 좋은 습관이라 나도 아들을 떠올리며 빌리 조엘의 「피아노맨」 한 소절을 불러 댔다. "It's nine o'clock on a Saturday." 노래를 흥얼거리며 머리를 말리는 아들을 생각하며 명랑한 모습의 흥얼거림이 내 아들 인생 전반에 늘 그대로 함께하기를 소망한다.

요즘 아침 칼럼에서 냄새에 대한 이야기를 자주 한다. 어릴 적 어머니가 점심 도시락으로 싸 주셨던 계란찜은 새우젓이 들어가 그 냄새가 참 독특했다. 칼럼을 읽으며 익숙했던 어머니의 냄새와 계란찜 냄새가 물씬 떠오르는데 그 냄새는 이제 어디에서도 맡을 수 없다. 아들의 결혼 준비와 우정 여행 탓일까? 어머니의 손길이 무척 그리워지는 오늘이다.

40년 된 친구

모든 가치 있는 일은 오랜 시간이 필요하다는데 오늘은 40년 된 친구 이야기를 해 보려고 한다.

몇 년 전 묵은 책들을 정리하다 해묵은 시집이 눈에 띄어 첫 페이지를 넘겼다. "이선율 님 혜존(惠存)"이라고 써진 40년 된 친구의 필체를 발견하고는 가슴이 뛰었다. 요즘 서점가 베스트셀러 작가가 말한 "설레지 않는 물건은 버려라." 규칙을 나는 40년 전부터 소중히 실천해 오고 있었는지도 모른다. 피가 용광로처럼 펄펄 끓던 소위 시절에 받은 시집이니….

· 40년 전, 친구가 선물한 시집

그때 그 책을 받고 '惠存'이라는 문학적 느낌이 있는 단어에 신선해하며 '님'이라는 호칭이 조금 생소하기도 했고 난생처음 받은 시집 선물이라 신기하기도 해서 의미도 잘 모르면서 며칠은 책에 코를 박고 읽었던 기억이 난다. 한두 번은 폼을 재느라 시집을 옆구리에 끼고 다녔던 기억도 있다.

그 당시 난 공대생이었음에도 문학과 음악에 꽤 관심이 있었고 훈육을 필요로 하는 후배들에게는 작은 흑판에 시를 적어 읽어 보라고까지 했는데 경영학을 전공하는 그 친구의 감각은 그때 이미 나보다 한 수 위였던 것 같다.

엊그제 마녀와도 같은 4월의 매서운 봄바람이 씽씽 골프장 잔디를 질주하던 날, 그 친구는 40년이 다 된 소울메이트가 있는 게 기쁨이라고 표현했다. 우리는 흔히 말하는 친구의 경계를 넘어 멘토와 멘티의 관계로 이 기쁨이 오래가길 바랐다. 40년 전에 시집을 통해 마음을 전달하려 했던 그 친구의 우정에 감사를 드린다.

오랜 친구가 있다는 게 얼마나 좋은 일인지!

축구 이야기와 『어린 왕자』

선물로 받았던 찬란한 서양란이 시듦을 더해 가고 있다. "오래 보아야 아름답다."라는 어느 시인의 글을 떠올리며 오랫동안 우두커니 바라보다 오래되면 아름다운 것들이 무엇이 있을까 생각해 보았다. 친구 간의 우정, 오래된 와인 그리고 어떤 일에 대한 오랜 기다림과 거기에 바친 시간들….

오랜만에 『어린 왕자』를 꺼내 들었다. 나는 길들임과 관계라는 것을 알게 해 준 것이 여우인지 아니면 어린 왕자가 오매불망 돌아가고 싶은 별 속에 하나밖에 없는 4개의 가시가 달린 장미인지 궁금했다. 그러다 어린 왕자를 별로 돌려보낸 노란 뱀이 생각나서인지 장례식장에서 동기의 영정 사진이 떠올라서인지 갑자기 슬퍼졌다.

10년 동안 같이 축구를 하다 몇 년 전 유명을 달리한, 축구를 사랑한 족쟁이 출신 ROTC 동기는 승리욕이 참 강해 상대방의 정강이도 잘 걷어차고는 했었는데 지금은 운동장에서 볼 수 없어 소리치며 격려하던 그가 가끔 생각난다.

축구 이야기가 나왔으니 몇 년 전 대한민국 스포츠 영웅상을 탄 70살이 다 된 갈색 폭격기 차범근의 말을 되새겨 본다. "내가 헌신하는 이유, 쉬고 싶어서 이불 속으로 기어들어 가다가 뭔가에 이끌려 이불을 걷어차고 나오는 그런 힘 같은 것이 나를 뜨겁게 했다."

오늘 이런저런 상념으로 게을러져 쉬고 싶은데 차붐의 말을 떠올리며 축구 경기를 하듯 이불을 걷어차고 침대에서 벌떡 일어났다.

\# 평소에는 다정한 연인의 속삭임 같던 유자 왕이 연주하는 쇼팽의 「왈츠」 7번이 오늘따라 유난히 슬프게 들린다.

정월도 거의 지나가고 벌써 명절을 코앞에 두고 있어서인지 마음은 싱숭생숭한 게 정신이 사납다. 샌디에고의 구름 깔린 밝은 광선 속에서 며칠을 보내고 돌아오니 노란 조끼의 파리지앵이 기다리고 있었다. 한국 음식을 맛있게 먹으며 그 친구와 프랑스 혁명과 드골을 이야기하다 기욤 뮈소에 대해 물어보니 기욤은 윌리엄의 프랑스식 이름이라며 "그것도 몰랐어?" 하고 딱한 표정을 짓는다.

그 말에 나도 시치미를 뚝 떼고 "그럼 넌 기욤 뮈소의 사촌 형인 시인 기욤 아폴리네르라고 아니? 그 친구는 바지를 내리면 영감이 떠오른다고 했다는데…" 친구는 눈만 껌뻑거린다. 나의 판정승이다!!

잡채를 접시에 담아 주며 국수는 장수를 상징하여 생일이나 잔칫상에는 안 빠지는 음식이라 했더니 자기는 일주일에 한 번은 스파게티를 먹는다며 오래 살겠다고 너스레를 떤다. 2라운드는 그가 이겼으니 우리는 비긴 걸로 하자. ㅎㅎ

아폴리네르가 화가 마리 로랑생과 결별한 후 쓴 시 「미라보 다리」를 명시(名詩)라고 여기에 남기면 너무 진부하다고 할까?

미라보 다리 아래 센강은 흐르고

우리들의 사랑도 흘러간다.

내 마음속 깊이 기억하리.

기쁨은 언제나 고통 뒤에 오는 것.

추신: 그러고 보니 내가 아는 예술가 중에 장교가 많다. 생텍쥐페리, 아폴리네르와 헤밍웨이가 그들이다.

입추가 하루 지난 오늘 늘 하던 대로 아침 방송을 듣는데 「히브리 노예들의 합창」이 나오니 어제 일들이 생각났다. 올여름 처음으로 필드에 나갔다가 오는 길에 피곤했는데도 합창 연습에 참여했다. 오랜만에 일어서서 하는 연습 탓인지 마음속 깊은 곳에서 울림이 느껴졌다. "내 마음아, 황금빛…."

　녹음이 한창인 필드에서는 날씨가 선선했다. 욕심이 앞선 탓인지 계속 공이 잘 안 맞아 동반자들에게 미안했다. 그들의 계속되는 응원 덕에 조금씩 살아나기는 했지만 "자신에게 엄격하고 남에게 관대해야 한다."라는 공자의 말을 인용한 골프 명언을 떠올리며 '나는 과연 환영받는 골퍼인가?'라고 곰곰이 생각해 보았다. 그저 무턱대고 동반자의 허락 없이 나 혼자 '멀리건'만 불러 대고 있는 건 아니었을까?

　며칠 전 일이다. 50% 여름옷 Sale이라는 전단을 보고 백화점에 들러 모시 같은 깔깔한 감촉에 반해서 남방셔츠를 집어 들었다. 이 셔츠를 보니 친구 얼굴이 떠올라 하나 더 살까 말까를 고민하며 계속 들었다 놓았다 반복했다. 친구가 입으면 참 시원할 텐데 생각하며…. 결국 난 내 것만 쏙 집어 왔고 어머니 말대로 밴댕이 소갈딱지 같은 놈이 되어 버린 듯했다.

요즘 내 행동들이 참으로 욕심 많은 찌질이 같아 이런저런 생각을 해 본 아침이다.

인생에 멀리건은 없다. 골프가 인생 같다면 욕심의 힘을 뺀 피니시가 멋진 나이스 샷을 날리는 골퍼가 되고 싶다.

어제 밤비가 와서 그런가? 아직 찬 바람이 주위에 가득한데 마음은 초봄 피크닉의 흥분으로 들떠 있었다. 난 오늘을 '모월 모시 화음 여행'이라 이름 짓고 혼자 빙그레 웃었다. 모월 모시라니…. 아침에 햇살이 잠깐 비추더니 구름 속으로 도망가 버렸다. 동료들의 추천으로 한우가 맛있다는 홍성으로 향했다. 마치 몇십 년 전 군에 있을 때 며칠 집으로 휴가를 갔다가 다시 부대에 복귀하는 일정 같은 여행이었다. 그때는 늘 시외버스를 이용했었는데 차창 밖에서 본 길거리의 풍경은 계절에 상관없이 늘 을씨년스러웠다. 아마도 집에 노부모님 두 분만 남기고 와서 여러 가지 착잡한 마음이 들어서 그렇게 느꼈으리라. 오랜만에 맛본 홍성 한우의 부드러운 육질에 감탄했으나 스파클링 와인의 맛이 왠지 씁쓸했다.

비구니가 가득하다는 수덕사는 목련과 개나리, 진달래가 듬성듬성 피어 있고 경내에는 몇백 년 동안 버텼을 소나무와 이루지 못한 사랑의 대명사처럼 만개하지 못한 동백꽃이 몇십 년 만에 다시 찾은 동향인을 반겨 주었다. 정말 오랜만에 노란 개나리에 코를 대고 냄새를 맡았다. 아스팔트 없는 경내를 걷고 있자니 몇 번 신지 않은 까만 새 신발이 제법 바닥과 어울리며 사각사각 소리를 내는 듯했다. 해가 뜨고 해가 지는 걸 볼 수 있다는 왜목마을로 향했다. 거리의 모든 풍경은 낯설었고 조용하고 활력이 없었다. 이게 대기업이 입주한 해안의 도시란 말인가? 파란 바다와 거친 봄바람이 우리를 맞았다. 찬 바람은 윙윙거리며 발걸음을 무겁게 했다. 마스크를 쓴 아이들과 부모들, 갈매기들이 우글거리며 짹짹 소리를 낸다. 백사장엔 밤새 폭죽놀이를 한 흔적이 여기저기 보인다. 언제쯤 터트린 폭죽일까. 못 보던 캠핑카들이 즐비하게 서 있다. 한참 물이 올라 제철이라는 주꾸미와 간자미를 찾던 우리는 간자미가 지금 살이 오르는 중이어서 조금 지나야 맛있다는 횟집 사장의 상술 아닌 유혹에 빠져 더부룩한 배부름도 잊은 채 모둠 회에 코를 박고 먹었다.

두 시간 남짓 걸리는 돌아오는 길, 낮에 차 안에서 보았던 파란 바다 때문인지 아니면 지난날의 여행에 대한 회상인지 작년에 가 본 노르망디의 해안 절경을 떠올리며 어서 이 코로나가 종식되어 여행이 일상인 시절로 되돌아가기를 간절히 소망했다.

집 앞까지 바래다주는 후배와 선물로 받은 마스크 두 팩의 따뜻함은 차 의자에서 느꼈던 히터만큼이나 따뜻했다. 그 친구는 참 따뜻함이 전문인 듯하다. 저번 골프장에서는 핫팩을 내 손에 쥐여 주었던 기억이 난다.

까치와 감나무

12월 중순인데도 한강 변의 갯버들과 물억새의 향연에 화들짝 놀랐다.
하늘하늘한 여인네 같은 모습으로 겨울을 묵묵히 견뎌 내는 그 모습에
걸음을 멈추고 오랫동안 바라보며 밀란 쿤데라의 시 「차라리 침묵하세
요」에 나오는 무성했을 갈대숲을 상상한다.

그대의 말은 항상
갈대숲과도 같아요.

· 순간 포착

그렇게 한강 변 산책을 마치고 돌아오는 길, 집 앞의 감나무에는 지난 12월 초에 주저리주저리 널려 있던 까치밥들이 다 사라지고 달랑 세 개밖에 남지 않았다. 까치가 감을 쪼아 먹는 그 순간 TV 프로그램의 이름을 도적질하였다. 순간 포착! 그래, 이런 순간의 느낌들이 모여서 프로그램이 되고 글이 되고 스토리가 되는 건지도 모른다. 그런데 저 까치도 달콤한 감의 맛을 알고 있는 것일까?

박경리의 소설 『토지』는 "까치들이 울타리 안 감나무에 와서 아침 인사를 한다."라는 첫 문장으로 시작된다.

몇 년 전 크레타섬에 덩그러니 열려 있었던 11월의 감나무를 회상해 본다. 낯선 이방인의 모습에 올리브 열매를 담던 손을 멈추고 고개를 돌리며 수줍어하던 과수원 아낙네의 모습을 떠올리며….

12월 중순의 어느 겨울날, 크레타섬을 그리워하며 쓰다.

· 수줍어 고개를 돌리는 여인네의 모습, 크레타섬

눈에 대한 단상, Tombe La Neige

사방이 설국인 아침, 소설 『설국』에 나오는 첫 문장을 떠올렸다. "국경의 긴 터널을 빠져나오자 눈의 고장이었다. 밤의 밑바닥이 하얘졌다. 신호소에 기차가 멈추었다." 그리고 마지막 부분에 나오는 참으로 근사한 표현을 적어 본다.

쏴아 하는 은하수가 시마무라의 가슴속으로 쏟아져 내리는 듯했다.

상상 속에서 터널 위 수북이 쌓였을 눈과 빛을 발하는 이름 모를 눈꽃 나무의 정경을 떠올리게 되는 설국의 겨울이다. 음악 방송에서 나오는 슈베르트의 「피아노 트리오」가 눈과 근사하게 어울린다. 음악을 들으며 책을 읽으니 우아하고 풍성한 삶을 사는 듯해 잠시 우쭐한 기분에 빠져들었다. 음악은 이토록 신비롭고 오묘하며 섬세한 풍미로 마음의 온도를 높여 사람의 기분을 좋게 하는 묘약임이 틀림없다.

사방이 눈으로 가득 차서 그런지 태양이 더욱더 찬란하게 나를 비추고 체감 온도가 영하 15도를 넘는 날씨에도 손가락 끝의 시린 느낌을 빼고는 꽤 상쾌한 날씨다. 거센 바람과 차가운 눈 속에 소나무의 파란 이파리들은 눈을 떠받들듯 굳건히 지키고 있으며 물버들 가지들은 고개를 푹 숙이고 있다. 난 이 설경의 고요함과 여유를 즐기느라 대단한 기술인 양 한가하고 느리게 걸었다. 내 삶도 여유 있게 느릿느릿 가기를 기대하며…

· 생명의 순환, 눈 속 새의 모습들

아무 발자국 없이 눈만 수북한 이 한강 변에 인적은 뜸하고, 흔한 까치와 그 날갯짓조차 어디론가 자취를 감추고 보이질 않는데 한 떼의 참새들이 눈 덮인 동토의 삭막한 잔디에서 먹이라도 찾은 것처럼 무언가를 부지런히 쪼고 있으니 목숨을 이어 가는 자연의 섭리와 이치 그리고 생명의 순환은 참으로 경이롭고 오묘한 것이다.

아다모의 「통블라 네쥬(Tombe La Neige)」, 우리말로 「눈이 내리네」를 계속 흥얼거린 날이었다.

· 눈 쌓인 소마(SOMA) 미술관

눈에 대한 단상, Tombe La Neige

내가
걸었던
길

____

퐁텐블로성에서의 피크닉

27세의 눈부신 디안은 7살인 어린 왕자에게 오랫동안 입을 맞추었다. 생사를 기약할 수 없는 낯선 땅으로 길을 떠나는 왕자에게 아름다운 디안이 각인되었다.

몇 년 전 신문에 난, 한국에선 '퐁텐블로성'이라고 불리는 정원에 관한 기사다. 앙리 2세의 20살 연상 후궁을 향한 순애보에 궁금증이 났다. 그리고 영화 「파리로 가는 길」에 나오는 파리에서의 피크닉을 흉내 내고 싶었다.

· 퐁텐블로성

· 성안의 풍경, 책을 읽고 있는 남자

· 소풍의 느낌, 물과 과일과 초콜릿 그리고 레드 와인

7월의 뤽상부르 공원은 너무 더웠다. 11월 말에는 파리 날씨가 너무 쌀
쌀해서 포기했다. 3월 말 드디어 배낭에 몇 가지를 챙겨서 길을 나섰다.
작은 포도주 한 병, 과일 몇 개 그리고 생수, 돗자리는 없었지만 나폴레옹이 다스리던 정원의 벤치에 앉았다. 혼자만의 소풍을 왔으니 얼마나 소박하고 근사한지 모른다. 다만 하나 아쉬운 것은 영화에 나오는 다이안 레인 같은 배우는 옆에 없고 동양의 이방인인 나만이 홀로 앉아 있었다.

"근위대 병사들이여, 작별을 고하노라. 친구들이여, 내 운명을 가여워 말라."라는 신문 속 나폴레옹의 말을 떠올리며 잠시 슬픈 표정으로 공원을 거닐고 오랫동안 앉아 있었다. 고성이라고 떠들어 대더니 성벽은 보이지 않고 궁 같은 풍경과 넓은 자연만 있었다.

Love craft의 책을 읽고 있던 남자와 긴 시간 동안 이곳에 관한 이야기를 나눴다. 작은 호수엔 백조가 앉아 있고 멀리 말을 탄 왕을 흉내 내듯 말을 타고 성을 순회하는 사람이 보였다. 한참 동안 디안의 흔적을 찾던 나는 나와서야 입구의 '디안 정원'이라는 표지를 보았다.

지쳐 돌아온 호텔에서는 작년에 업그레이드를 해 주지 못해 미안했다고 지배인이 넣어 준 와인과 이름 모를 프랑스 안주가 나를 반겼다. 덩그러니 놓인 두 잔의 와인을 보니 다이안 레인이 다시 생각나 혼자 하는 여행의 외로움을 다시 느꼈다.

추신: 나폴레옹의 여동생은 파가니니의 연주에 매료되어 그가 연주할 때 매번 기절했다는데 나중에는 창피해서 커튼 뒤에서 몰래 들었다고 한다.

· 호텔에서, 혼자 마시기 아까운 것들

—
빅토르 위고의 집

파란색을 주제로 한 바디 아트의 선구자 이브 클라인의 글을 읽고 퐁피
두 센터 관람 추억을 몇 자 적어 본다.

프랑스 혁명일인 지난 7월 14일, 온라인이지만 한국인 여성 지휘자 김
은선이 에펠 탑 앞 광장에서 한국인 최초로 프랑스 악단을 이끌고 지휘
를 했다니 우리의 예술에 대한 국격이 많이 상승한 모양이다. 프랑스 혁
명은 프랑스 역사 및 예술 등 국가 전반에 큰 획을 그은 커다란 대변혁을
일으킨 사건이다(자세히 말하면 루소의 자유, 평등, 박애의 계몽주의 영향을 받
아 탄생했으며 노란 조끼로 유명해진 프랑스의 과격한 시위에 관대한 이유도 이
혁명 전통 때문이고 프랑스 국가 가사에 피로 적시자는 내용이 들어 있다고 한다).

이 혁명이 배경으로 쓰인 소설 중 내가 관심 있게 읽은 책은 『두 도시 이야기』와 『적과 흑』 그리고 『레 미제라블』이다. 『레 미제라블』은 빅토르 위고가 60세에 쓴 책인데 빅토르 위고의 집을 방문했던 기억을 소환해 본다.

· 빅토르 위고 거리의 이정표에 '1802~1885'라고 생애가 쓰여 있다. 특이하다.

빅토르 위고는 망명 전 파리에 있을 당시 많은 예술가와 친분을 맺는데 그들이 바로 리스트, 파가니니, 쇼팽, 로시니, 소설가 뒤마 등이며 우여곡절 끝에 반정부 인사로 낙인찍혀 19년간 망명 생활을 하게 된다.

구슬땀을 흘리며 구글 맵으로 찾아간 빅토르 위고의 집, 침실은 왜 조명도 없이 그렇게 어두운지 궁금했다. 그리고 광적 도자기 수집가라더니 도자기가 벽에 쌓여 있었다. 장 발장이 훔치고 싶지 않았던 호밀빵 생각에 한참을 그대로 서 있었다. 위고의 어두침침한 침실과 장 발장의 호밀빵 그리고 『노트르담의 꼽추』 콰지모도를 생각했다.

· 도자기로 가득 채워진 빅토르 위고의 방

"세상엔 나쁜 풀도 나쁜 사람도 없소. 다만 농부가 있을 뿐이오."라는 『레 미제라블』에 나오는 글귀를 떠올리며 위고의 이름을 딴 카페에서 더블 에스프레소를 마셨다. 오랜만에 다시 찾은 퐁피두 센터에서 피카소, 마티스 등 입체파와 야수파 화가들과 추상화의 선구자인 칸딘스키와 샤갈 등의 그림을 보고 돌아오는 길에 우연히 발견한 스트라빈스키 거리를 거닐면서 그의 연인이었던 코코 샤넬과의 사랑 이야기를 생각해 보았다. 사실인지 아닌지 말이 많지만 스트라빈스키의 「봄의 제전」 첫 공연 당시 무대가 엉망진창이 되었을 때 샤넬은 그를 연인으로 낙점했다는데….

따뜻한 곡인 듯해 안톤 루빈스타인의 「F장조의 멜로디」를 들어 본다.

· 퐁피두 센터에서 본 피카소의 「La Muse」

Naked와 Nude

우연이라고 하기에는 지나칠 만큼 나는 가을에 출국을 자주 한다. 어쩌면 많은 우연은 우연이 아닌 필연인지도 모른다. 누군가가 유럽의 가을은 참 쓸쓸하다고 했는데 난 이 스산한 유럽의 가을을 지독히 사랑하는지도 모른다.

어제 파리에 도착하자마자 비가 내렸다. 쓸쓸함과 적막감이 감도는 낯선 곳에서의 10월의 밤이다. 히터를 틀어도 호텔 방의 한기가 스멀스멀 올라와 적당히 살이 붙은 나도 꽤 한기를 느꼈다. 내복 대신 니트를 입고 자는 게 전혀 이상하지 않았다.

이른 아침 공항에 우두커니 앉아 지나가는 사람을 구경하는데 재미가 꽤 쏠쏠했다. 멋진 카이저수염을 기른 중년 남성, 프랑스 축구 영웅이던 지단을 연상하게 하는 대머리 친구들, 아침부터 와인을 마셨는지 얼굴색이 붉은 사람, 반갑다며 프랑스식 인사 비쥬(Bisous)로 뺨을 비벼 대는 모습, 걸인들도 하는 그 흔한 비쥬 인사로 뺨을 따뜻하게 비벼 줄 사람이 없는 것에 공연히 화가 나서 라운지로 향했다. 점잖은 신사인 양 더블 에스프레소로 마음을 진정하며 늘 그랬듯 젊음의 샘물이라도 되는 것처럼 에비앙 물을 들고 라운지를 빠져나왔다.

게이트 근처에 음흉함을 도발하는 「Naked」라는 이름의 작은 커피숍이 나를 현혹한다. 예술의 도시답게 출국장에 있는 작은 커피숍의 이름이 Nude(누드)도 아니고 Naked(나체)라니. 아직도 벗은 몸인 나체와 신체의 아름다움에 예술의 옷을 입힌 Nude를 구분하지 못하고 흔한 프랑스식 인사 비쥬를 하지 못한 한탄에서 또 속물과 얼간이를 확인한 10월의 멋진 아침이었다.

"누드는 아무것도 감추지 않는다. 감출 것이 없기 때문이다. 뭔가를 감추는 순간 음란해진다."라는 어느 시인의 글을 옮겨 본다.

귀에 딱지가 앉도록 들은 이브 몽탕의 노래 「고엽」이지만 오늘은 이 달콤한 가사에 녹아들며 들어 본다.

루앙에서 만난 보바리 부인

기호인지 의도적인 우연의 일치인지 남부 지방 이야기가 나오는 프랑스 소설 읽기를 좋아한다. 프랑수아즈 사강의 『슬픔이여 안녕』, 『브람스를 좋아하세요…』와 기욤 뮈소의 소설 배경과 플로베르의 『보바리 부인』이 그것이다. 이 이야기들에는 루앙이라는 도시가 꼭 언급된다. 여행의 마지막 날, 그렇게 가고 싶었던 루앙에 들렀다. 루앙은 플로베르의 고향이며 클로드 모네가 그린 「루앙 대성당」의 배경이기도 하다. 박완서의 소설 『그 남자네 집』에서도 인용되었고 많은 작가에 의해 수없이 많이 묘사된 혼외정사의 대명사 『보바리 부인』의 배경도 루앙이다. 저자인 플로베르는 출판 후 미풍양속을 해친다는 이유로 기소당하지만 플로베르는 "보바리는 바로 나다."라고 했다.

· 플로베르의 도시, 루앙역(驛)

　소설의 주인공 에마에게 파리는 화려한 사교계 사람들과 관능적 춤을 추는 동경의 도시였고 연하인 정부와 밀회를 즐기던 유혹의 장소였는데, 고향이 루앙인 플로베르는 개업 의사의 아내가 몇 명의 남자와 바람을 피우다 비소를 먹고 자살한 실화를 바탕으로 이 소설을 썼다. 알랭 드 보통은 『우리는 사랑일까』라는 소설에서 『보바리 부인』을 세계 최초의 '섹스와 쇼핑 소설'이라고 표현했다.

　모파상이 쓴 『여자의 일생』의 배경이기도 한 루앙은 증권 회사 샐러리맨과 화가로 이중생활을 하던 고갱이 경기 불황으로 증권 회사를 퇴사하고 화가로 전념했으나 그림이 안 팔려 궁핍해지자 생활비가 저렴한 도시를 찾아 이주한 곳이기도 하다.

· 루앙 대성당   · 잔 다르크가 화형 당한 장소에 세워진
교회

　이른 아침의 쌀쌀한 날씨에 루앙 대성당을 찾아갔다. 화창한 날씨 탓에 모네의 그림 「성당의 정문」에서 느껴진 회색 분위기는 눈곱만큼도 찾을 수 없었다. 잔 다르크가 화형을 당한 근처의 시장은 옛날 슬픈 역사를 잊은 채 아침부터 활기가 넘쳤고 센강은 노르망디 특유의 느릿함을 과시하듯 여유 있게 흘러가고 있었다.

　영지의 도랑을 따라서 가면 짓이겨진 사과 냄새가, 이 계절에 모든 노르망디 지방에 떠도는 듯이 느껴지는 신선한 능금주 냄새가….

에트르타 부근의 작은 숲 안의 동굴 사람들이 에트르타의 문이라고 부르는 절벽의 커다란 아치 사이의 바다 쪽으로 뻗친 계곡으로 들어갔다. 그리고 장갑과 채찍과 내버려진 두 마리의 말을 바라보았다. 그러자 도망가고 싶은 억제할 수 없는 충동에 사로잡혀 갑자기 안장 위에 뛰어올랐다.

『여자의 일생』 중에서

또한, 자기 집안을 망하게 한 방탕한 아들이 낳은 딸을 하인이 감동스럽게 안으며 하는 마지막 말이다.

인생이란 보시다시피 그렇게 좋지도 않고 나쁘지도 않은가 봅니다.

· 에트르타의 코끼리 바위

모파상이 자라났다는 에트르타에서는 왠지 모를 이국적 고요함과 낯선 땅에 대한 호기심을 느낄 수 있었다. 바다와 하늘을 구별할 수 없는 파란색이 넘치는 이곳에서 창작의 영감을 받은 화가들이 코끼리 바위를 보며 최고의 풍경을 화폭에 담으려고 분주히 붓질에 몰입했을 것이다. 나는 그들이 자랑하는 사과술인 시드르(Cidre)와 칼바도스를 마시며 『여자의 일생』마지막 장면을 흉내 내고 있었다. 내면의 평화는 무슨 평화, 이번 여행은 여느 때와 달리 그저 그랬는데 "여행이란 보시다시피 그렇게 좋지도 않고 나쁘지도 않은가 봅니다."

구노의 오페라 「파우스트」 중 「보석의 노래」를 안젤라 게오르규의 음성으로 들어 본다. 『여자의 일생』과 상관은 없지만, 보석을 좋아하는 여자의 심리를 나타낸 곡이다.

―
에릭 사티의 고향 옹플뢰르에서 마신 칼바도스

연말 저녁 늦게 비행기를 타고 홍콩으로 회의하러 가는 길이다. 라운지에서 골드 색깔의 병과 샴페인 같은 기포에 홀려 홀짝홀짝 마신 보태가 와인에 잠시 정신이 나간 듯하다. 이 틈을 이용해 지난달 중순 파리 근교에 있는 에릭 사티의 고향에 들렀던 이야기를 몇 자 적어 본다.

서울은 눈이 많이 왔다고 야단법석이었던 날, 부리나케 일을 끝내고 노르망디 지방의 옹플뢰르로 향했다. 옹플뢰르는 사과술로 유명한 칼바도스에 있는 오랜 항구 도시다. 우리에게는 노르망디 상륙 작전으로 유명해진 바로 그 지방이다.

· 에릭 사티의 고향, 옹플뢰르 항구

나는 기차 안에서 말로만 듣던 에릭 사티의 고향이 어떻게 생겼나 궁금해서 마냥 들떠 있었다. 2시간 기차를 타고 가는데 철로 주변에 끝없이 펼쳐진 늦가을의 노란 단풍잎과 밀밭을 보니 고흐의 빈곤함과 외로움이 저절로 떠올라 나도 덩달아 외톨이가 되었다. 가을의 그리움인가 아니면 혼자만의 외로움인가.

시골의 작은 간이역을 연상하게 하는 휴양지 도빌역에서 내려 버스를 타고 오솔길을 따라 옹플뢰르로 향했다. 좌측에 절벽이 이어진 대자연의 모습은 몇 겹은 흐른 풍광인 듯해 탄성만 나왔다. 옆에 대만에서 온 부부도 천 년 역사를 가진 항구가 너무 보고 싶다며 연신 너스레를 떨었다.

항구에서 내려 낙엽을 따라 걷는데 항구 도시답게 바닷바람은 칼같이 매섭고 손이 시렸다. 인적 드문 곳에서 본 몇몇 사람은 종종걸음으로 걸어 다녔다. 철 지난 바닷가 항구에 불쑥 찾아온 느낌이다.

어느 방송에서 옹플뢰르에 가서 하룻밤을 자고 칼바도스를 먹으면 인생이 달리 보일 것이라는 말을 들은 기억에 레스토랑에 앉아 앙증맞게 생긴 작은 42도 칼바도스를 한 모금 마시니 짜르르하다. 뭔 사과술이 이리 독한지….

· 옹플뢰르의 특이한 갤러리

칼바도스 두 잔으로 알딸딸해지니 32살부터 죽을 때까지 27년 동안 피아노 한 대와 쓰레기가 뒤범벅된 파리 아파트에서 가난과 고립을 벗 삼아 고독한 군주로 평생을 살았다는 봉두난발의 에릭 사티가 떠올랐다. 시대를 앞서 산 그는 대중에게는 야유를 받았으나 전위 음악을 사랑하는 사람들에게는 음악의 신으로 추앙을 받는다. 그는 평생 수잔 발라

동만 사랑했다는데, 그녀는 빈곤과 비운으로 살다 간 에릭 사티의 연인이었을 뿐만 아니라 몽마르트르에서는 만인의 모델이었고 르누아르와 몇몇 유명 화가의 연인이기도 했다. 모델로 유명해졌다가 화가가 된 수잔 발라동, 그녀는 자화상을 몇 장 그렸는데 자신을 못생기게 그려서 더욱 유명해졌다는 일화도 있다. 나이 든 주름진 얼굴과 가슴이 처진 군살 붙은 여성의 누드화를 그려 남성 화가들의 젊고 아름다운 몸매의 누드화에 대항하면서 자유와 예술을 몽마르트르 언덕에 가득 남겼다고 전해진다.

에릭 사티의 「짐노페디」를 들어 본다.

—
마들렌과 프루스트

며칠 전 퇴근길에 외국계 대형 마트에 들러 마들렌을 샀다. 달착지근한 맛과 왠지 모를 이국적 생김새 때문인지 딸이 무척 좋아하는 마들렌, 나도 옆에서 한 개를 입에 넣었다. 문득 마르셀 프루스트의 『잃어버린 시간을 찾아서』에서 프루스트가 고모가 주는 홍차에 적신 마들렌의 맛을 떠올리며 어린 시절의 기억을 회상하는 부분이 생각난다.

한편 이 프랑스 태생의 과자 마들렌을 소재로 한 영화가 있다. 늘 그랬듯이 비행 중에 본 영화인데 「마담 프루스트의 비밀정원」이라는 영화이다. 이 영화는 프루스트의 『잃어버린 시간을 찾아서』에서 영감을 받아 영화화된 작품이다. 어릴 때 부모를 잃은 충격으로 실어증에 걸린 주인 공은 같은 건물 다른 층에 사는 프루스트 부인의 정원에서 마들렌과 홍차를 마시면서 과거의 기억을 되살리게 되는데 프루스트 부인이 잃어버린 과거의 기억을 낚기 위한 미끼의 소재로 이 마들렌이 사용된다. 마치 프루스트 고모가 프루스트에게 마들렌을 준 것처럼….

주인공의 어릴 적 추억들을 하나하나 모아 주는 관대한 마음의 소유자 프루스트 부인은 추억의 음악을 좋아한다며 "Without music, life would be a mistake."라는 말도 하고 우쿨렐레 연주하는 것을 즐긴다.

그러나 부인은 슬프게도 암에 걸려 "나쁜 추억은 행복의 홍수 아래 가라앉고 이제부터는 네가 수도꼭지를 틀어라."라는 쪽지를 남기고 긴 여행을 떠난다. 다른 사람들의 통제에 시달리지 말고 이제부터는 네 인생을 살라고 하는 가르침이 느껴졌다.

이 쪽지를 받은 주인공은 어릴 적 기억 속의 개구리들을 떠올리며 힘을 내어 콩쿠르에서 우승한다. 그 후 새로운 삶에 눈을 뜨게 되고 우쿨렐레 선생님이 되어 첼리스트와 결혼하게 된다.

지적 능력은 탁월했지만 천식과 협심증 사이에서 고생하며 많은 시간을 삶과 죽음 사이에서 방황하고 어머니에게 많이 의존해야 했던 마르셀 프루스트에게 영감을 받아 제작된 영화를 떠올리며 다음번에는 프루스트를 사랑하는 사람들이 방문한다는 마들렌 빵집을 찾아보고 싶은 유혹에 빠졌다.

2주 전 파리 근교의 오래된 성당 앞에서 맛보았던 개구리 상표 맥주
맛을 그리워하며 적어 보았다. 영화 속 개구리를 떠올리며….

추신: 천식 때문에 운명이 바뀐 예술인은 많다. 사제직을 포기한 비발
디도 그렇고 대만의 덩리쥔도 15살 어린 프랑스 사진작가 연인과 함께
있다 천식 발작으로 숨졌다.

『잃어버린 시간을 찾아서』는 7권의 장편 소설로 구성되어 있는데 나
는 그중 3권을 읽었다. 그리고 알랭 드 보통이 프루스트가 남긴 각종 기
록, 편지와 메모, 프루스트의 삶과 취향 등을 기록한 책『프루스트를 좋
아하세요』를 통해 프루스트를 더욱 이해하게 되었다.

· 프랑스를 상징하는 수탉

—
샤를 드골 공항에서

영화 「Midnights in Paris」에서 비를 맞으며 파리 시내를 걷는 로맨틱한 피날레 장면을 떠올리게 하던 파리의 일정을 뒤로하고 카사블랑카로 향하는 저녁이다.

비가 내리면 참으로 근사하겠다고 생각했는데 정말 비가 내린다. 영화를 흉내 내어 걷고 싶건만 몸은 공항 안에 있고 뜨고 내리는 비행기의 육중한 동체를 보고 있자니 커다란 우리 속에 갇힌 동물 같은 느낌에 공허함마저 든다. 그런데 여성들은 파리 이야기가 나오면 마법에 홀려서 사족을 못 쓴다는데···. 영화 대사에서도 프랑스는 꽃향기도 다르다고 하고, 여인네들의 뜨거운 파리 사랑이 식을 줄 모르는 것 같다.

일주일간의 연휴를 마치고 직장 때문에 먼저 서울로 향하는 아내에게 비싸다며 고개를 설레설레 내저으며 한사코 마다하는 옷가지를 사서 강제로 떠맡겼다. 아내를 서울로 보내고 나니 홀아비같이 혼자만 공항에 덩그러니 남아서 청승 떨고 있는 꼴이 참으로 가관이다.

이브 몽탕과 사랑에 빠져서 15분 만에 작곡했다는 에디트 피아프의 「장밋빛 인생」을 들어 본다.

—
알자스와 「하울의 움직이는 성」

내가 매주 읽는 『D 일보』에 연재되는 신이현 작가의 「포도나무 아래서」라는 글에는 알자스가 자주 나온다. 그곳은 풍광이 제일 아름답고 음식이 제일 맛있으며 가장 살고 싶은 곳이라고 한다. 나는 이 달콤한 표현을 보고 알자스 지방으로 향했다. 유명한 알퐁스 도데의 『마지막 수업』 근원지이자 프랑스와 독일의 경계인 곳이다. 난 "농부에게 매일 아침은 다르다."라고 말하며 시작되는 와인 영화 첫 장면의 독백과 일기 예보도 안 본다는 이 단순한 표현의 아름다움이 있는 포도밭을 상상하며 비행기를 탔다.

소설 속에 나올 법한 파스텔 톤 색깔들을 풀어헤친 스트라스부르와 콜마르의 풍경은 마치 핸드폰으로 만든 영화에 나오는 작은 간이역과 시골 마을 그 사이로 흐르는 개여울이 아늑하고 포근한 느낌을 주었으며 8월 초의 뜨거운 햇살이 이 지방의 여행을 축복해 주었다. 파리가 빛의 도시이며 문학과 감성, 패션과 트렌드의 도시라면 이 남쪽 지방의 작은 마을은 술이 익는 한국의 시골처럼 순박하고 소박하며 정겨움이 있어 개인이 만든 와인을 나누어 먹는 마을인 듯했다.

유명한 애니메이션 「하울의 움직이는 성」은 여기 콜마르의 집들을 보고 구상했다고 한다. 영화에 나오듯이 순수하고 아름다움이 느껴지는 마을이다. 길거리의 상점들과 널려 있던 펜던트 등을 떠올리며 동화 같은 콜마르의 풍경과 스트라스부르의 트램 역에서 호텔로 걸어오는 길은

아직도 내 뇌리에 깊이 남아 있다. "알자스 와인에는 알자스가 통째로 녹아 있다."라는 신이현 작가의 와인 이야기를 떠올리며 다음번에는 꼭 알자스 시민들이 사랑한다는 그곳 특유의 와인을 오랫동안 천천히 탐닉하고 싶다.

―
고갱에게 남긴 고흐의 편지

그렇다. 질풍노도라는 표현이 맞을 것 같다. 신문을 비롯해 모든 방송 매체에서는 앞다투어 경쟁하듯 화가들에 관한 기사와 멘트로 야단법석이다. 마치 사라져 간 화가들의 전성시대인 것처럼…. 내가 즐겨 듣는 음악 방송조차 고흐는 물론 그가 아를(Arles)에서 즐겨 그렸다는 우체부 롤랭과 그의 아들인 까밀 롤랭에 대해서 이야기했다. 이에 그가 살았던 아를에 가 본 느낌을 적어 본다.

오래된 수도원을 개조한 고즈넉하고 고풍스러운 호텔에 도착했다. 노란색에 애정이 깊었던 고흐의 그림을 연상하게 하는 노란색이 가득한 로비와 잘 정리된 정원 그리고 룸 내부의 페인팅 등 고흐로 넘쳐흐르는 호텔에 흠뻑 빠졌다. 포룸 광장에 있는 밝은 노란색이 돋보이는 「반 고흐 카페」로 향했다. 「노란 집」, 그곳에서 고흐는 15개월을 머물며 「해바라기」를 비롯한 200여 점의 그림을 그렸다. 「해바라기」의 약간 붉은빛을 띤 노란색, 그것은 그림을 통해 사람들에게 따뜻한 사람이라는 것을 보여 주고 싶은 고흐의 바람이 담긴 색깔인지도 모른다.

· 반 고흐 카페

· 반 고흐 목교

다음 날 아침 고흐를 만나기라도 하듯 설렘을 가득 안고 그가 그림을
그렸다는 다리가 있는 곳으로 갔다. '고흐 브리지'로 불리는 오래된 목교

인데 1888년에 동생 테오에게 보낸 편지 내용과 그림도 새겨져 있었다. 작은 호숫가의 물과 주변의 정경, 지나가는 사람들은 다양한 영감의 원천이 되어 고흐는 고뇌를 그림으로 분출했을 것이다.

고흐 Foundation에 가니 겨울이라 고흐 그림은 1점 「채석장 입구」만 남겨 놓고 나머지는 전 세계에 전시 중이고 밀레의 그림 몇 점이 보였다. 고흐 그림 옆엔 고갱에게 쓴 편지 원본이 전시되어 있었다. 첫 문장을 번역해 보았다.

친애하는 나의 친구 고갱에게,
편지 잘 받았네. 나는 이 작은 노란색 집에 마지막까지 남아 있는 것이 아마도 내 의무라고 생각하고 그대의 떠남에 괴로워하지 않네.

나는 이 편지를 읽고 고갱을 떠나보낸 고흐의 심경이 역력하게 보이는 듯해 그가 안쓰러워 한동안 그 자리에 서 있었다. 혼자 남아 얼마나 외롭고 궁핍했을까? 편지 마지막 부분에는 베를리오즈의 음악을 모른다고 하고 추신에는 답장을 달라고 하며 『엉클 톰스 캐빈(Uncle Tom's Cabin)』을 읽어 보았냐고 물어본다.

편지의 마지막 인사말인 "가슴 찢어지는 듯한 손 떨림을 느끼며 항상 너의 벗인 빈센트가."에서 'Ever yours'라는 표현은 열렬히 사랑하는 이성 간에나 쓰는 표현일 텐데…. 아마 고흐가 고갱이 떠나간 후 쓸쓸함을 역설적으로 표현하느라 이리 쓴 듯하다(비행기 옆에 앉은 프랑스 여성과 고흐와 고갱에 대해 이야기했는데 자기가 알기로는 고갱 부인이 14살 연상이라고 했다. 프랑스인들의 예술을 사랑하는 마음과 지식을 엿볼 수 있었다).

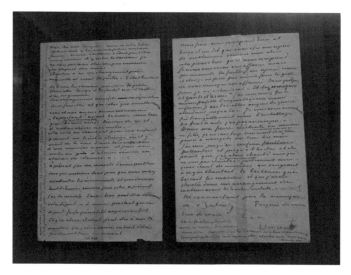

· 고갱에게 쓴 편지

아를에서의 아쉬움을 뒤로하고 아비뇽에 들러 교황청과 그 유명한 아비뇽의 다리를 둘러보았다.

고흐가 몰랐다는 베를리오즈의 「환상 교향곡」 중 귀에 익은 2악장을 들어 본다.

부아가 잔뜩 치밀었다. 걸인들도 하는 그 흔한 비쥬 인사로 왼쪽 오른쪽 뺨을 맞출 줄 아는 마드모아젤이나 마담 하나 없는 게 서글퍼서도 아니다. 아침부터 공항에 가는 지하철이 파업 때문인지 아니면 정비 때문인지 완전 정지였다. 그래서 허겁지겁 공항에 도착했다. 어젠 딸이 입을 만한 옷을 사려고 오랫동안 발품을 팔았으나 맘에 드는 옷이 없어 허탕을 치고 대신 아내 옷만 샀는데 아쉬움이 컸다. 아이가 어릴 적엔 무엇이든지 입으면 예쁘고 귀여웠으나 이젠 까탈스러워서 옷 고르기도 정말 힘들다. 그래도 내가 어릴 적 사 준 잠바, 스커트, 모피, 귀덮개를 고이 간직하고 있으니 고마운 일이다. 아내 옷 몇 가지를 면세로 사고 스탬프를 받으려고 "마드모아젤, 무슈."라고 하며 세관원에게 친밀함을 표시했다.

에어프랑스 비행기에 탔다. 난 국적기 신봉자여서 항상 대한항공을 이용하지만 유럽에 갈 때면 늘 에어프랑스를 이용한다. 시간만 잘 조정하면 한국 비행기보다 비용도 훨씬 저렴하기 때문이다. 하지만 그날은 일찍 오려고 낮 비행기를 탄 게 화근이었다. 열흘 동안 한식을 못 먹은 탓에 불고기를 요청했는데 승무원이 나에게 오더니 다 떨어졌다고 다른 메뉴를 택하란다. 승객들한테 묻지도 않고 자기 나라 사람들에게 먼저 배정한 듯했다. 이번이 처음이 아니었다. 사무장을 불렀더니 나이 지긋한 여성 승무원이 왔다. 난 저번에도 똑같은 일을 당했다며 조금 언성을 높였다. 대한민국 사람 인종 차별한다고 'Unfair'하다고 했다.

어쨌거나 사과를 받고 불고기를 먹었고 줄곧 당하고만 있을 수 없어 객쩍은 소리를 했지만 갑질이라도 한 듯해 영 찜찜했다. 먼저 '마담'이라고 부드럽게 표현했으면 좋으련만 품격 없는 모습을 보인 것이다. 그날은 온종일 머피의 법칙처럼 일이 안 풀렸다.

프랑스로 망명한 베트남 틱낫한 스님의 『화』를 읽었는데 다음번에는 '마담'이라고 먼저 부드럽게 부르면 화도 가라앉을 듯하다.

그리스, 물과 바람과 돌과 태양의 나라 —

— .
영화 「나의 사랑, 그리스」

그리스로 혼행 가는 길, 지난 5월에 비행기 안에서 본 「나의 사랑, 그리스(Worlds Apart, 영어 해석이 좀 안 맞는 듯하다)」를 떠올려 보았다.

이 영화는 세 가지의 에피소드로 이루어져 있다. 경제가 파탄되어 난민과 실업 문제 등으로 분열된 현실에서 일어날 수 있는 계층 간의 갈등을 여러 나이대로 풀어낸 이야기로 그리스 신화에 나오는 인간 프시케와 신 에로스의 사랑을 모티브로 하고 있다. 엄연히 사랑은 존재한다는 로맨스 영화가 아닌 가정 및 사회가 분열된 세계를 낭만으로 표현한 영화이다.

첫 번째 에피소드는 시리아 난민 청년과 정치학 전공인 그리스 여학생의 사랑이다. 그들은 매일 폐비행기에서 사랑의 꿈을 속삭인다. 그들은 신분의 차이에서 오는 상황에서도 오직 서로를 바라보며 폐비행기에서 사랑을 나누지만 비극적이게도 그녀의 아버지는 난민을 무자비하게 학살하는 파시스트이다.

두 번째 에피소드는 아내와 별거 중인 그리스 남자가 스웨덴에서 정리 해고를 위해 파견된 여자와 원 나이트 스탠드 사랑을 나누지만 다음 날 출근하니 그 여자가 직장 상사 자리에 앉아 있다. 둘은 사랑을 하지만 정리 해고 등의 현실 문제로 사랑은 모든 걸 이길 수 없음을 깨닫고 여자는 스웨덴으로 돌아간다.

마지막 에피소드는 그리스로 이주한 은퇴 교수인 독일인 도서관 사서와 그리스의 가난하고 평범한 가정주부의 슬픈 사랑 이야기로 서로 다른 언어로 감정을 전달한다. 남자는 이 평범한 여인을 위해 슈퍼마켓을 통째로 빌려 파티를 해 주고 일주일 내내 그리웠다고 당신에게 빠져 오직 당신만 생각한다고 구애한다.

자식들을 핑계 삼아 합리화하지 말라고 남자는 이야기하지만 딸이 파시스트 습격으로 인해 죽고···. 사랑에는 고난과 역경이 필수라는 것이 이 영화의 주제인 듯하다.

그런데 영화의 대사 중 하나가 나의 뇌리에 남았다.
"나에게도 두 번째 기회가 있을까?"

—
8년 만에 다시 찾은 신화의 도시

8년 만에 다시 찾은 신화의 도시 아테네다. 예전에는 가족들과 왔었는데 이번에는 혼자 와서 일일이 가족들을 챙겨 줄 필요가 없어 편하고 여유 있는 기분이나 덩그러니 혼자 있는 게 쓸쓸했다. 호텔에서 체크인을 마친 후 예전과 비교해 뭐가 달라졌는지 궁금해서 아크로폴리스로 향했다. 오래된 도로와 디오니소스 극장 그리고 멀리 보이는 파르테논 신전도 아직 공사 중인 게 모두 그대로인데 나만 머리가 벗겨져 늙어 가는 게 서럽기 그지없었다. 나도 모르게 가곡 가사를 읊조렸다. "내 놀던 옛 동산에 오늘 와 다시 서니~"

　신전은 너무 늦어 들어갈 수 없어 일요일에 다시 오기로 하고 아레오파고스에 올랐다. 이 작은 언덕은 옛날 집정관 회의를 하던 자리라고 하는데 관람객이 너무 많이 왔던 탓일까 8년 전보다 돌이 반들반들하다. 어둠이 내리자 사람들이 모여들었고 멀리 보이는 에게해와 지는 석양을 바라보며 옛 선지자들처럼 한동안 그곳에 앉아 하루를 정리하였다. 어디선가 5시를 알리는 종소리가 은은히 들려왔다.

· 고대 원형 극장

어두워져서 택시를 잡았다. 유쾌한 근심으로 호텔로 돌아와 맨 위층 바에 들렀다. 바에 들어가자 왁자지껄하게 떠들어 대며 스트레스를 푸는 사람들이 보이고 「나의 사랑, 그리스」에 나올 법한 멋진 중년 남자와 마리아 칼라스 같은 전형적인 그리스인 혈통의 아가씨들이 눈에 들어오는데 저 멀리서는 그리스인들이 자랑하는 에게해 위에 초승달이 처량하게 걸려 있었다.

신화에 나오는 글루크의 오페라 「오르페오와 에뤼이디체」 중 「정령들의 춤」을 플루트 연주로 들어 본다.

이방인을 경계한 아낙네

미궁 신화로 유명한 약 4천 년 전 세워졌다는 대표 유적지 크노소스 궁전으로 향했다.

신화에 따르면 제우스의 아들 미노스가 1만 2천 명을 거느렸던 장소로 미노스왕의 왕비는 포세이돈의 저주로 황소와 사랑에 빠지고 반인반수의 괴물 '미노타우로스'를 낳게 된다. 미노스왕은 미노타우로스를 차마 죽일 수는 없어 궁전에 한번 들어가면 절대 빠져나올 수 없는 미궁을 만들어 가둔다. 이후 미노스왕은 당시 식민지였던 아테네 사람들을 미노타우로스에게 먹이로 줬는데 어느 날 아테네의 왕자가 미로로 침입해 미노타우로스를 죽이고 극적으로 탈출한다. 화가 난 미노스왕은 미로를 설계한 다이달로스와 아들인 이카로스를 미궁에 가두었는데 깃털과 밀랍으로 날개를 만들어 미로에서 탈출한 이카로스는 태양에 너무 가까이 다가가 날개가 타 버려 추락사한다.

· 크노소스 궁전   · 4천 년 전의 벽화

이 신화를 그린 그림은 하도 유명해 몇 년 전 여름 올림픽공원 누드 전시회에도 「이카로스를 위한 애도」라는 이름으로 전시되었고 방탄소년단의 뮤직비디오에도 등장했다.

이 궁은 계속 도리안, 마케도니아, 스파르타 그리고 로마의 침략을 받았으며 산토리니의 화산 폭발과 지진으로 인한 쓰나미로 흔적 없이 사라졌다가 1900년도 영국의 고고학자인 에번스 경이 발견했다는 게 가이드의 설명이다. 그 당시 만들었다고는 믿을 수 없는 프레스코 벽화, 욕조 사용의 흔적, 배수 시설 처리 등 공학이 아주 발달했음을 볼 수 있었는데 자그마한 왕의 돌의자로 보이는 것이 특히 눈에 띄었다.

돌아오는 길에 무라카미 하루키가 『상실의 시대』를 쓰는 동안 친구로

삼았다는 와인이 생각나 와이너리에 갔으나 주인이 없어 포도주 맛은 못 보고 올리브 따는 농부들만 우리를 반겨 주었다. 가까이에서는 생전 처음 보는 올리브 열매는 무라카미 하루키가 표현한 대로 아름다운 여인의 니플 모양 같았다. 직접 싸 온 샌드위치를 권하는 농부들과 사진을 찍으려는데 한 아낙네의 이방인에 대한 경계의 표정과 옷매무새를 가다듬는 수줍은 모습 그리고 시골 농민들의 순박함과 순수함에 선글라스를 낀 내 모습이 창피해졌다.

동구 밖 과수원 길 같은 길모퉁이에는 크레타섬 사람들도 까치밥을 남겨 놓는지 얼마 전 내 고향에서 본 감이 주렁주렁 달려 있었다.

농부 아낙네의 수줍은 모습을 떠올리며 주페의 「시인과 농부」 서곡을 들어 본다.

추신: 크노소스 궁전은 후에 안 일이지만 에번스 경이 개축하고 페인팅을 한 인공의 힘이 가미된 유적이다.

—
『그리스인 조르바』

비바람이 쏟아지는 날이면 난 가끔 겉장이 너덜너덜해진 『그리스인 조르바』를 꺼내 들어 폭풍우 속 크레타섬으로 가는 증기 기관선에서 만나는 보스인 '나'와 조르바를 상상한다. 자유로운 영혼인 조르바의 삶의 선택과 행보들…. 그를 따라서 가 본 크레타섬에 대해 옮겨 본다.

  무엇이 나를 홀리게 하여 크레타섬에 가게 했는지 물으면 나는 주저 없이 니코스 카잔차키스가 쓴 책『그리스인 조르바』때문이고 앤서니 퀸이 주연한「희랍인 조르바」영화 때문이라 할 것이다. 하나를 더 꼽으라면 무라카미 하루키가『상실의 시대』를 여기서도 집필했기 때문이다. 카잔차키스의 생이 그의 실제 친구인 조르바를 통해 사랑으로 바뀌었다는데 나도 이 책 때문에 인생에 아주 작은 변곡점이 생겨났는지도 모른다.

  아테네에선 마리아 칼라스 같은 그리스인 특유의 커다란 눈, 코와 입을 가진 외모의 여성이나 영화「나의 사랑, 그리스」에서 전직 철학 교수로 나온 크리스토퍼 파파칼리아티스의 두상을 닮은 사람을 많이 볼 수 있는데 이곳 크레타섬에서는 섬 특유의 낭만과 따뜻함 그리고 때론 뜨거운 정열을 느낄 수 있었고 나를 남정네라고 수줍어하는 농사짓는 여성의 표정에서는 순박함도 보였다. 이곳에서『상실의 시대』를 집필한 무라카미 하루키는 크레타섬의 순수함과 뜨거운 정열의 분위기에 휩쓸려 참으로 행복했을 듯하다.

  몇 번씩『그리스인 조르바』를 읽으면서 그가 남긴 숨 막히는 구절구절에 옴짝달싹할 수 없었다. "My dearest, My sweetest"라는 호메로스의『일리아드』나『오디세이』에서 나온 듯한 표현이라든지 오랜만에 대하는 "Lovesickness(상사병)"나 "The backside of miller's wife(방앗간 마누라의 엉덩이)가 인간의 논리다."라는 표현이 어디서도 배울 수 없는 특이한 글이었다. 그리고 그가 남긴 글들을 다시 곱씹어 보았다.

영문이어서 해석이 틀릴 수 있지만 몇 가지 기억에 남는 소설 속의 글을 옮겨 본다.

신이 존재하고 우리도 존재하니 한숨짓지 마라. 바다는 이제 평화롭게 한숨 쉬고 황금 먼지처럼 태양이 지네.

인생의 신비를 사는 인간에게는 시간이 없고 시간이 있는 자들은 인생을 즐길 줄 모른다.

나이팅게일의 목소리를 가졌으면서도 찬물 같은 여자.

여자가 침대에서 부르는데 가지 않는 건 영혼을 파괴하는 것이다.

산다는 것의 정의는 벨트를 풀고 고생을 찾는 것이며 남자는 와인을, 아이는 인형을, 소년은 소녀를, 소녀는 소년을 필요로 한다.

인생은 그저 반짝 플래시를 터트리는 순간 같은 것이다.

이 국민 작가를 위해 그리스는 공항 이름도 니코스 카잔차키스라고 바꾸었다. 폴란드의 바르샤바 공항을 쇼팽 공항으로 바꾸었듯이….

카잔차키스가 묻힌 언덕을 생각하며 묘비에 적혀 있는 글을 옮겨 본다. 현지인이 해석해 주었는데 마지막 "I'm free."라는 문장이 과연 그답다. 이 소설을 번역한 한국인 번역가는 이 무덤에 와서 술을 뿌리며 절을 했다는데 자유를 사랑했던 그를 위해 난 잠시 묵념하였다.

I don't hope for anything.
I'm not afraid of anything.
I'm free.

· 카잔차키스 묘비

영화 「희랍인 조르바」의 OST를 들어 본다.

추신: "세상에서 가장 행복한 일은 잔잔한 에게해의 물과 공기, 바람을 항해하는 것이다(by 카잔차키스)."

여든아홉 그루의 올리브나무

크레타섬에서의 마지막 날, 시차도 많이 적응했고 크레타섬 특유의 허브티와 함께하는 치즈로 아침을 만끽하였다.

· 크레타섬 동부 지역의 한가한 모습

동쪽 지역의 풍경이 아름답다는 가이드의 말에 바다 냄새를 맡으며 1시간 정도 달렸다. 마치 『오디세이』에 나오는 오디세우스의 고향인 이타카섬을 연상하게 하는 동떨어진 곳인데 모든 상점은 여름 한철 장사라 개점휴업을 하고 어부 몇이 평화롭게 어구를 손질하고 있었다. 외지인이라고는 나밖에 없는 이곳이 너무 좋아 정신을 못 차리고 빛나고 평화로운 바다 앞에서 풍경과 한적함에 빠져 오랫동안 앉아 있었다. 낯선 땅 그리고 철 지난 바닷가에서 여유롭게 혼자만의 사색을 즐겼다.

너무 깊어 깊이를 잴 수 없다는 Agios Nikolaos 호수의 식당에서 가이드와 점심을 먹었다. 이 친구는 여든아홉 그루의 올리브나무를 가지고 있는데 매년 오일을 만들어 팔지 않고 어려운 친구와 자기 형제들에게 나누어 주는 가족과 주위를 배려하는 따뜻한 마음을 가진 진정 풍요로운 삶을 살고 있었다.

· 여든아홉 그루의 올리브나무를 갖고 있는 가이드와 함께

공항에서 이 친구가 나를 꼭 안으며 말했다.

"When the money and fish is fresh, We will have to eat it."

누구보다도 가족을 생각하고 인생을 따뜻하게 살아온 48살의 가이드는 나에게는 남은 생을 어찌 살아야 할지 지표를 재설정해 준 『죽은 시인의 사회』의 키팅 선생님 같은 분이었다. 아마도 이 여행을 통해 가장 가슴속 깊이 간직해야 할 말은 Carpe Diem인지도 모르겠다.

아테네로 돌아와 호텔 꼭대기 층에 있는 바에 들르니 오늘 들은 가이드의 말처럼 남녀가 엘비스 프레슬리(Elvis Presley)의 Rock&Roll을 틀어 놓고 불타는 금요일을 한껏 즐기고 있었다. 그리스에서 맛보는 파티에 동양에서 온 방랑자도 흥겨워졌다.

록 앤드 롤의 제왕 엘비스 프레슬리의 「Don't be Cruel」을 들어 본다.

푸른 바다의 전설 산토리니

누군가는 산토리니를 푸른 바다의 전설이라고 했다. 내가 섬에 도착하니 바다는 반짝반짝 금빛을 뿜내고 있었다. 폭풍 노도를 일으키는 바다의 제왕 포세이돈도 이곳의 아름다운 모습에 반한 듯 바다가 평화롭고 잔잔했다.

제일 풍경이 멋지다는 이아 마을로 향했다. 동화에 나오는 작고 예쁜 집이 여기 다 모여 있는 듯했다. 눈 덮인 산과 같은 흰색의 작은 집들이 옹기종기 모여 있고 중간중간 바다색보다 더 진한 파란색 교회들의 콜라보가 환상적이었다. 관광 명소라고는 믿어지지 않을 정도로 한적한 굴라스 성채에 갔다. 3600년 전 크레타 문명을 순식간에 사라지게 한 화산의 흔적이 그대로 남아 있었다. 난 쪽빛 바다를 만질 생각으로 여름 이

후 발자국이 끊긴 거미줄이 쳐져 있는 계단을 지나 밑에까지 걸었다. 인적 없는 붉은 화산석 절벽 사이의 계단을 걸으며 마치 높은 산을 정복한 듯 환희가 넘실거렸다.

다시 되돌아 올라오는데 그 순간 나는 전생에 무엇이었나 하는 의문이 들었다. 엉터리 교인이라도 전생을 이야기하면 안 되는데 내 위에 있는 커다랗게 굳어 버린 화산석들이 금방 나를 덮칠 것 같은 위압감이 들어 서둘러 빠져나왔다.

· 산토리니 이아 마을의 명물, 교회의 파란색 돔

전설 같은 대자연의 재앙을 이겨 내고 그리스의 보물이 된 산토리니 투어, 되돌아올 때 내 손에는 한 마리 파랑새가 앉아 있었다.

드뷔시의 「베르가 마스크 모음곡」 중 세 번째 곡인 「달빛」을 들어

본다. 이 곡은 드뷔시가 이탈리아 베르가모 여행 중 달빛을 보고 작곡했다고 한다.

—
그리스를 떠나며, They Live Only for Work, We Work to Live

세월은 바람 같다더니 일주일이 금방 지나갔다. 좋아하는 치즈가 아까워서 억지로 먹었는데 흰쌀밥에 김치찌개와 총각김치가 생각나는 걸 보니 이제 여행도 종착역에 도달한 듯하다. 다시 한번 아크로폴리스, 디오니소스 극장, 파르테논 신전 그리고 벼룩시장 등을 느릿느릿 걸었다.

민주주의와 의학(전 세계 의사들이 하는 히포크라테스 선서), 철학, 수학, 그리고 극장 문명을 전 세계에 전파한 그리스, 이곳에서의 마지막 날을 보내고 이른 새벽 프랑스 남부 지방의 아를로 출발하기 전날이다. 아를에서는 비제가 작곡한 「아를의 여인」을 들어 봐야겠다.

잊고 있던 크레타섬 가이드의 말이 생각났다. 제2차 세계 대전 당시 독일의 지배를 받아 독일인을 미워하던 그리스인이 이런 말을 했다고 한다. "They live only for work, We work for live(그리스인들은 살기 위해서 일하는데 독일인은 일하기 위해서 산다)."

11월이건만 거리에는 벌써 크리스마스 분위기가 느껴진다. 피아노 4중주로 연주하는 「Oh Holy Night」 들어 본다.

1990년, 나의 첫 번째 비엔나

클래식 음악의 본고장이며 철학과 예술의 도시인 비엔나는 내게 늘 익숙함과 친근감을 준다. 그렇게 느끼는 이유는 많이 가 본 곳이기도 하고 일상에서 자주 접하기 때문이다. 즐겨 듣는 음악의 많은 작곡가가 이곳과 관련이 있고 새해가 오면 기다리는 80년 전통의 빈 필하모닉의 신년 음악회가 여기서 열린다. 내가 미술 쪽에서도 흥미진진하게 느끼는 클림트와 에곤 실레 같은 시대를 초월한 화가들도 이곳을 터전으로 활동했다. 신비함을 더해 주는 『꿈의 해석』의 프로이트 그리고 말러와 알마의 사랑 이야기 배경이기도 한 비엔나에서 많은 음악가, 미술가, 심리학자가 활동했다.

비엔나는 여권 만들기가 무척 힘든 시절에 가 본 첫 번째 해외 도시로 30년 전 비엔나 땅을 밟았을 때의 흥분은 아직도 기억이 생생하다.

비엔나에 처음 가서 본 것은 각양각색의 신기한 자동차와 공원에서 흥겹게 왈츠를 추며 밀고 당기는 선남선녀들이었다. 그리고 공장 방문 시 느낀 선진국 시스템, 곳곳에 조성된 작은 공원들과 이름 모를 다양한 꽃들의 향연은 스테판 궁전 앞 마차의 말똥 냄새조차 나에게 아름답게 각인되었다.

시립 공원 안에 있는 요한 슈트라우스의 황금 동상 등 많은 유명한 음악가의 동상이 기억나고 양은 적어도 커피 본연의 맛이 강했던 비엔나 커피의 맛도 나의 뇌리에 깊숙이 자리 잡고 있다. 강렬한 첫 기억의 비엔나는 훗날 내가 해외를 상대로 하는 비즈니스에 발을 올려놓는 신호탄이 되었다.

2019년, 마지막으로 다녀온 비엔나의 기억이다.

파리만큼 자주 간 도시이지만 비엔나를 패스하고 파리에 가기가 영 서운해 이곳에 들렀던 마지막 2년 전의 기억을 되살려 적어 본다. 공항에서 호텔로 향하는 길, 발길 닿는 곳마다 클림트의 「키스」를 소재로 한 기념품들이 넘쳐 나서 클림트로 먹고사는 도시 같더니 요즘은 실레의 '본능'을 주제로 한 그림이 많이 보여 세대에 따른 문화의 변화는 조류의 흐름같이 이리저리 휩쓸려 다니는 듯했다. 오페라 하우스와 시내 중심지를 걷다가 루브르 및 프라도 박물관과 함께 유럽 3대 박물관으로 꼽히는 미술사 박물관에 들렀다. 유럽을 지배하던 합스부르크의 왕국답게 진귀한 보석과 유물 그리고 수많은 미술 작품이 있어 관람을 했다. 황홀경에 취해 관람한 후 나오는 길에 숨겨져 있는 클림트의 벽화를 발견하였는데 이 벽화에 대해 들어 본 적이 없었으니 내가 최초로 미술사 박물관에 장식된 클림트의 벽화를 소개하는 인물이 아닐까? ㅎㅎ

현지 안내원에게 물으니 19세기 중반 황제의 지시를 받아 클림트가 아치 위쪽 기둥과 기둥 사이에 벽화를 그렸다는데 그리스 여신과 아테네 여신의 모습을 고대 이집트부터 르네상스까지 시대적으로 표현한 매우 인상적인 벽화였다.

· 미술사 박물관의 벽화

"여자는 예술의 상징(The lady is a symbol of the art)이다."라는 처음 들어 본 안내원의 말에 고개를 갸우뚱거리고 공연히 여자의 변신은 무죄라는 말만 떠올렸다.

돌아오는 길에 본 비엔나 거리의 악사는 쇼스타코비치의 「왈츠 2번」을 연주하고 있었고, 길가의 서점에서는 프로이트의 나라답게 뇌 과학과 심리학 전문 서적들이 눈에 띄었다.

신년 음악회에 단골로 등장하는 요한 슈트라우스 2세가 작곡한 오페레타 「박쥐」의 서곡을 들어 본다.

모차르트와 초콜릿

오스트리아가 가장 자랑하는 최고의 작곡가인 모차르트, 그의 고향인
잘츠부르크에 왔다. 이곳은 카리스마 마에스트로라 불리는 헤르베르트
폰 카라얀의 출생지이기도 한데 오스트리아에서 가장 인상적인 도시로
알려져 있다.

· 모차르트의 생가

나에게 모차르트 하면 어릴 때 많이 듣던 감기약의 배경 음악으로 쓰인 「아이네 클라이네 나흐트 뮤직」이나, 「피가로의 결혼」, 「돈 조반니(농담으로 학교 다닐 때 돈 안 줘 봤다고 농담도 많이 했다)」, 특히 영화 「아웃 오브 아프리카」에 나오는 「클라리넷 협주곡」 등의 유명한 곡만 관심 있던 차에 「아마데우스」라는 영화를 통해 잘츠부르크에 더욱 가고 싶은 매력을 느꼈다.

· 모차르트 생가의 부엌

모차르트의 생가에서는 가계도, 작곡실, 주방, 피아노 및 작은 유물 등을 둘러보았다. 잘츠부르크성과 「사운드 오브 뮤직」의 「도레미 송」 촬영 장소인 미라벨 정원 그리고 에메랄드빛 잘자흐강을 보며 꿈같은 시간을 가졌지만, 돌아오는 기차 안에서는 "신은 그 작은 녀석을 통해 세상에 노래했죠."라며 칭송을 받았던 「아마데우스」의 마지막 장면, 포대 자루에 실려 석회 가루에 묻혀 버린 천재 음악가의 최후가 떠올라 예술가의 허망함에 아름다운 풍광이 서글프게 느껴졌던 하루였다.

#「아마데우스」서두에 나오는 모차르트의「교향곡 제25번」의 감동을 들어 본다.

· 사운드 오브 뮤직」촬영 장소인 미라벨 정원

추신: 비엔나가 클림트의「키스」그림으로 상업적으로 더 발전했다면 잘츠부르크는 영화「사운드 오브 뮤직」과 빨간색으로 포장된 모차르트의 초콜릿이 먹여 살렸다 해도 과언이 아니다.

—
오페라의 도시 베로나, 「줄리에타와 로미오」

　　오페라 축제와 「로미오와 줄리엣」의 배경 도시인 베로나에 왔다. 이탈
리아 북부 지방에 있는 베로나는 꿈과 낭만의 도시로 매년 여름이면 오페
라 축제가 열린다(베로나는 사랑의 여신인 비너스의 다른 이름이라고도 한다).
도시가 한 폭의 그림처럼 아담하고 예뻤다. 로마의 원형 경기장인 콜로세
움과 흡사한 아레나 경기장으로 향했다. 아레나는 1세기에 세워진 이탈리
아에서 제일 오래된 원형 경기장으로 1910년대부터 오페라 공연이 시작
되었고 마리아 칼라스는 이곳에서 공연 후 명성을 얻기 시작했다.

· 줄리엣과 로미오가 사랑을 속삭이던 발코니

셰익스피어의 희곡을 바탕으로 한 영화 「로미오와 줄리엣」을 떠올리며 줄리엣의 생가로 유명한 '줄리엣 하우스'를 찾아가 로미오가 발코니에서 세레나데를 부르며 사랑을 속삭이는 장면과 두 가문의 결투 장면을 상상해 보았다.

생가 입구에는 실제 수많은 연인이 맹세한 러브 레터 등이 걸려 있었는데 마치 줄리엣이 실존 인물인 양 착각할 정도였다.

· 중세 복장을 한 베로나 상인들의 모습

돌아오는 길에 「줄리에타와 로미오」라는 간판이 달린 레스토랑이 눈에 띄어 들어갔다. 안에서는 선남선녀들이 마치 로미오와 줄리엣처럼 감미로운 사랑의 고백을 하고 있었다. 커플들의 다정한 모습에 미소 지으며 젊은이들의 달콤한 사랑의 맹세가 해피 엔딩으로 끝나기를 기원했다.

호텔로 돌아오는 길, 골목의 가로등에서는 희미한 불빛이 흘러나오고 마치 유행가 가사처럼 가로등도 졸고 있는 듯했다.

구노의 오페라 「로미오와 줄리엣」 중 가장 유명한 아리아 「꿈속에 살고 싶어라」를 들어 본다.

· 베로나의 아디제(Adige)강

독일 　　　　　　　　　　　　　　　　　　　　　　　—

—
섬세하고 귀족적이었던 하루

　프랑크푸르트의 호텔에 짐을 맡기고 달랑 배낭 하나만 멘 채 18세기
에 작은 파리로 불렸던 라이프치히로 향했다. 난 김정운 교수의 책『가
끔은 격하게 외로워야 한다』를 통해서 라이프치히에서만 느낄 수 있는
섬세하고 귀족적인 것을 느끼고 싶었다. 나에게 그것이란 석양이 저물
무렵 카페에서 커피를 마시는 것이고 내가 좋아하는 멘델스존, 슈만과
클라라의 흔적을 찾는 것이며 게반트 하우스(오페라 하우스)의 음악을 경
험하는 것이다.

· 바흐의 박물관 내부

· 유럽에서 제일 오래된 카페? 바흐 박물관 옆에 있는데 여기서 바흐의 「커피 칸타타」가 탄생했다고 추측한다.

음악과 철학의 도시인 이곳은 바흐가 교회 음악 감독으로서 연주를 책임진 곳이고 숨을 거둔 곳이며 클라라와 멘델스존이 슈만을 도왔던 곳이다.

4월 말이라 날씨는 꽤 쌀쌀했는데도 유채꽃이 곳곳을 노랗게 물들이고 있었으며 사람들은 잔디밭에 삼삼오오 모여 자유로이 담소를 나누거나 평화롭게 하늘을 보며 누워 있었다. 멘델스존의 생가에 갔는데 200년 된 나무 계단을 올라가면서 그의 「바이올린 협주곡」 같은 부드럽고 우아하고 아늑한 집의 분위기가 느껴졌다. 처음 알았던 것은 멘델스존이 어릴 적부터 정식으로 화가 수업을 받았으며 그가 여행지마다 스케치북을 갖고 다니며 그림을 그렸다는 것이다. 멘델스존은 스위스를 네 번이나 방문하면서 알프스의 영감을 많이 받아서인지 섬세하고 감성적인 성격이 드러난 수채화들이 생가에 전시되어 있었다.

· 멘델스존 생가의 175년 된 계단   · 슈만과 클라라 하우스

　슈만과 클라라가 잠시 살았던 곳에서는 슈만이 결혼식 전날 클라라에게 바쳤다던 「미르테의 꽃」 중 「헌정」이 생각났으며 불행으로 힘든 삶을 살았던 클라라의 짧은 행복과 길고 오랜 불행의 시간을 떠올려 보았다. 돌아오는 길, 음악가들의 성지인 라이프치히 대학교 앞에서는 학생들이 젊음을 마음껏 즐기고 자유를 구가하듯 맥주를 마시는 모습이 마치 철학과 인생을 토론하는 듯했다. 나는 그들처럼 거리에서 파는 소시지에 머스타드 소스를 잔뜩 발라 입에 하나 가득 물었더니 젊고 자유롭게 느껴졌다. 화원 한편에서는 사랑의 표시인 꽃들이 널려 있었는데 어느 노신사는 꽃다발을 들고 어디론가 총총걸음으로 가고 있었다. 꽃을 받는 노부인은 행복에 넘쳐 노신사에게 기쁨의 키스를 퍼부었을 것이다.

바흐 박물관에 들러 그의 흔적들을 오랫동안 살펴보고 나오는 중에 네덜란드인 부부와 마주쳤다. 한참 히딩크와 한국에 관해 이야기를 나누었는데 나에게 헤어지며 건넨 인사를 적어 본다. "Happy Life!!"

김정운 교수가 얘기한 게반트 하우스에 들어갔으나 공연이 없어 살펴만 보고 나온 뒤, 근처 카페에서 생맥주를 마시니 어둑어둑해졌다. 나는 외로운 방랑자처럼 어두워진 거리를 걸어 드레스덴에 가려고 기차역으로 향했다.

· 게반트 하우스

난 이렇게 라이프치히를 탐험했으며 꿈 하나를 이루었다.

추신: 『그리스인 조르바』를 읽은 뒤 교수직을 팽개치고 여수의 한 섬에 내려간 김정운 교수, 그가 그림을 그리기 위해 지은 작업실 이름은

'미역창고(美力創考)'다. '아름다움의 힘으로 창조적인 생각을 한다.'라는 뜻이다. 근사한 이름이 아닐 수 없다.

· 아우구스투스 광장과 멘데 분수

『셰익스피어도 결코 이러지 않았다』

작가 찰스 부코스키의 프랑스와 독일 여행을 담은 에세이를 보고 낭만의 도시 하이델베르크로 향했다. 날씨는 청량했고 새들은 끊임없이 노래를 불렀으며 시간을 알리는 종소리가 가끔 울려 퍼졌다. 중세 르네상스 시대에 발달한 철학과 약학의 도시답게 거리는 고풍스러운 느낌을 주었고 강이 내려다보이는 성과 성벽에 새겨진 조각들은 오래된 역사의 흔적들을 고스란히 담아내고 있었다.

나는 하이델베르크 언덕에서 아래를 내려다보던 찰스 부코스키를 흉

내 내어 그 모습대로 포즈를 취해 보았고 만하임의 언덕에서 로테를 그
렸던 베르테르를 떠올리며 사색에 젖었다. 그리고 영화 「황태자의 첫사
랑」을 생각하며 황태자 칼이 하숙집 케이시를 사랑했던 그 낭만의 도시
를 걷고 또 걸으며 말이 달렸을 그 도로를 온몸으로 느꼈다.

· 하이델베르크성에서 내려다본 시내 전경

　하이델베르크성 지하에서는 세상에서 제일 큰 참나무통으로 만든 와
인 바렐이 눈에 띄었다. 투어 후에, 카페에서 낯선 여행자들과 온갖 맥주
를 탐미하며 언어를 초월하여 술잔을 부딪치고 낭만을 음미했다. 그렇
다. 낯선 곳에서의 술은 이방인에 대한 경계심을 풀어 주고 의사소통의
장벽을 허무는 명약임이 틀림없다. 아, 다시 가고 싶은 낭만의 도시여!!

　추신: 찰스 부코스키는 당대 미국의 저명한 시인이자 산문 작가 중 한
사람이었고 가장 영향력 있고 가장 많이 모방되는 시인으로 꼽는 사람도
많다. 그의 인생은 체면과 겉치레 따위는 진작 걷어찬 인생이며 누군가

"무엇을 중요하게 생각하는가?"라고 물으면 "좋은 와인, 원활한 배설과 아침에 늦게까지 늘어지게 자는 것이다."라고 대답했다. 그는 글을 써 내려가는 데 거침이 없었다. 그의 묘비명은 "애쓰지 마라(Don't try)."이다.

· 천정에 그림이 있는 프랑크푸르트의 유서 깊은 식당

· 전통 독일 식당의 슈바인 학센(독일 통족발)

\# 영화 「황태자의 첫사랑」 OST 중 「Drinking Song」을 들어 본다.

Seize the Day

노동절이라 그런지 제법 사람이 많이 모였다. 비 온 후라 그런가? 바람은 산들산들 불어왔고 햇살은 눈이 부셨다. 타지에서 늘 그렇듯 호기심으로 가득 찬 눈빛과 깊은 생각으로 천천히 걷는데 오래된 국립 오페라 극장과 바그너의 흉상이 눈에 띈다. 라이프치히가 고향인 바그너는 이곳에서 교육을 받았고 오페라를 초연하는 등 많은 활동을 했다. 도스토옙스키는 이곳에서 장편 소설 『백치』를 구상하는 등 드레스덴을 사랑하여 많은 작품 활동을 했지만 도박을 즐겨 돈을 탕진하기도 했다. 한편 그 유명한 츠빙거궁에서는 한국 관광객들의 음성도 들을 수 있어 반가움을 안겨 주었다.

· 군주의 행렬 벽화

아주 오래전, 슈투트가르트 옆 베블링겐의 비어 가든에서 여러 나라 사람이 모여 왁자지껄 맥주 파티(옥토버페스트였나 보다)를 한 기억이 나오랜만에 엘베강 근처의 비어 가든을 찾았다. 비슷한 이름을 가진 한국의 대형 맥줏집과는 사뭇 다른 모습이다. 나는 괴테가 좋아했다던 흑맥주를 마시며 자연의 푸름과 그들의 맥주와 함께 누리는 자유와 사상을 부러워했다. 젊은 연인들과 중년 부부들, 온갖 사람이 모여서 나누는 정겨운 대화들을 바라보고 있는데 그때 갑자기 오래전 동료였던 카이저수염을 한 친구가 나타난 줄 알고 깜짝 놀랐다. 외지에서 친구를 만나고 싶은 갈망에서 비롯된 것일까?

· 괴테가 사랑한 흑맥주

부다페스트와 비슷한 느낌을 주는 작센주의 주도이면서 오페라 전통을 지닌 음악 도시인 드레스덴에서 즐기는 혼자만의 여유로움과 한적함, 엘베강 강가에서 대낮에 듣는 색소폰 소리와 따사로운 햇살 아래 서 있는 지금, 이 순간을 끔찍이 사랑하지 않을 수 없다. Carpe Diem! 그래, 삶은 한순간도 그 자리에 머무르지 않으니 오늘을 최대한 향유하자! Seize the Day!

포르투갈

와인의 천국 포르투, 혼자 지내기 좋은 계절은 없다

어쩌다 보니 벌써 이번 여행의 종착역 포르투갈에 왔다. 마법의 도시라 불리는 제2의 도시인 포르투(Porto)에 짐을 풀었는데 도시가 와인 폭탄을 맞은 듯 곳곳에 와인 관련 상품과 선전이 즐비하다. 식당 웨이터의 꾐에 빠져 화이트 와인 한 병과 맥주 두 병을 마시며 혼자 여행하는 즐거움과 방랑자라는 이름을 팔아 외로움을 만끽했다. 그런데 여기서 호날두보다 2002년 월드컵 때 히딩크의 애제자였던 박지성 때문에 짐 싸고 떠난 미남 선수 피구가 떠오르는 이유는 뭘까?

포르투는 처음 왔지만 오래전에 읽은 『나의 라임 오렌지 나무』의 주인공인 제제가 좋아하는 이웃 아저씨 이름이 뽀르뚜까여서 낯설지 않다. 그래서인가 사람들의 인상에서 소박하고 마음 좋고 친절한 냄새가 솔솔 풍긴다(브라질 사람들이 포르투갈어를 쓰는 유일한 남아메리카 종족이니 그 책 저자가 포르투갈에서 베껴 왔는지도 모른다).

느긋하게 아침을 먹고 시내 중심으로 나오니 온 도시가 물감을 뿌린 것처럼 지붕들이 주황색으로 덮여 있어 그림엽서처럼 예쁘고 아름답다. 보트를 타고 도루강을 한 바퀴 돌며 스페인에서 온 부부들과 어울리다 보니 벌써 포르투를 다 섭렵한 듯했다. 한마디로 도시의 느낌을 표현하

면 부다페스트와 두브로브니크와 루체른을 섞어 놓은 느낌이라 감흥은
덜했다.

· 포르투 전경

『해리포터』 작가 조앤 롤링이 영감을 받았다는 렐루 서점을 둘러보고
터벅터벅 걸어 호텔로 돌아오는데 낙엽이 눈에 띈다. 이국에서 혼자 맞
는 짧은 가을의 느낌, 혼자 지내기 좋은 계절은 정말 없는 듯하다.

#『나의 라임 오렌지 나무』 이야기가 나왔으니 마스카니의 오페라
「카발레리아 루스티카나」 가운데 간주곡 「오렌지빛 향기는 바람에 날
리고」를 들어 본다. 피비린내 나는 복수를 이야기하는 내용인데 너무 부
드럽고 화사한 곡이다.

추신:『해리포터』작가인 조앤 롤링은 영국에서 포르투갈로 건너와 영어 선생님을 하다 포르투갈 남편과 결혼했으나 폭력에 못 이겨 이혼하고 혼자 딸을 키웠다(이혼한 전 남편은 호날두와 비슷하게 생긴 전형적인 포르투갈인이다). 기저귀를 살 돈조차 없었다는 빈곤한 삶에서 일구어 낸 인간 승리여서 이 세기의 소설이 더욱 빛을 발했는지도 모른다.

· 『해리포터』속 도서관의 모티브가 된 렐루 서점

—
눈물이 소금보다 비싼 리스본

　주섬주섬 짐을 챙겼다. 혼행 온 지 13일째 오늘은 집으로 가는 날이다. 어제 리스본의 구시가지에 가 보니 자유를 구가하고 인생을 즐기는 남유럽 사람 특유의 자유분방함과 낭만이 거리 곳곳에 배어 있다. 바스쿠 다가마 같은 탐험가들을 배출한 민족인 걸 보면 한편으로는 모험과 개척 정신이 뛰어난 강대국임을 느낀다. 리스본까지 따라온 포르투갈인 운전사 겸 가이드가 나에게 선물이라며 가르쳐 준 그들의 전설 같은 이야기를 소개한다.

· 포르투갈이 자랑하는 시인 페르난도 페소아

　포르투갈 최고의 시인 페르난도 페소아가 최초로 인도를 발견한 탐험가 바스쿠 다가마와 엔리코 왕자 등 탐험가들의 부인들을 보고 남겼다는 말이다. "바다의 소금이 암만 비싸도 세계 탐험을 위해 바다로 떠난 탐험가를 기다리는 여인의 눈물보다 더 비쌀까?"

그나저나 이번 여행에서 남은 것은 무엇일까? 삶의 본질이 다르다며 개발 도상국 대학생들에게 교육 봉사를 하는 후배가 있다. 사업을 팽개치고 50만 원만 받으며 학생들에게 얄팍한 지식을 가르쳐 주기보다는 더 나은 인식을 심어 주기에 노력한다는 모로코에 있는 후배에게 많은 것을 배웠다. 일본에서는 비뚤어진 신발을 가지런하게 바꾸어 놓는 데 50년이 걸렸다는데 남의 눈치만 보며 내가 가진 과시욕과 온갖 탐욕을 버리려면 얼마나 걸릴지….

"진정한 여행은 새로운 풍경을 보는 게 아니라 새로운 눈을 가지는 데 있다."라는 맨 처음 화두는 까맣게 잊고 베짱이같이 놀기만 했다. 이제 여행은 잠시 잊어버리고 김 구워 하얀 쌀밥에 어리굴젓과 총각김치를 먹고 싶다. 그래도 오늘 아침은 유럽 치즈의 맛을 기억하려 가지각색의 치즈를 폭풍 흡입했다. 다시 안 올 사람처럼….

—
카사블랑카, 당신의 눈동자를 위하여

나에게 오랫동안 환상과 신비의 도시였던 모로코의 카사블랑카에 처음 발을 디뎠다. 카사블랑카는 모로코의 경제와 금융의 도시인데 도착하니 코맹맹이 불어가 천지 사방에서 들려와 후배에게 물어보니 프랑스와 스페인 및 포르투갈의 식민지 생활을 오래 해서 불어를 많이 쓴단다. 몇십 년은 된 털털거리는 구닥다리 벤츠를 타고 호텔에 오는데 보름달이 환하게 밝다. 드뷔시의 「달빛」을 떠올리며 이국에서 보는 달빛에 잠시 센티해졌다.

· 모로코의 수도 라바트의 시장에서

호텔에 들어서니 휘황찬란한 장식들과 아랍 특유의 타일, 아라베스크 문양 등에 눈이 커졌다. 때마침 결혼식이 있어 운 좋게 신부에게 주는 선물들을 잠깐 보는 행운도 얻었다.

다음 날 아침, 1시간 동안 기차를 타고 정치 수도인 라바트로 갔다. 전통 재래시장을 걸으며 TV로만 접하던 아프리카의 이국적 가죽 제품들, 이상한 조각들 그리고 아라베스크와 비둘기 똥으로 착색한 염색 제품들이 마냥 신기해 넋을 잃고 구경했고 선상의 Casablanca 맥주 한 잔으로 동경했던 도시에서 유유자적하며 이국의 정취를 흠뻑 느꼈다.

· 선상에서 마신 카사블랑카 맥주

카사블랑카로 돌아와 모로코의 간판인 하산 2세의 10만 명을 수용할 수 있다는 모스크 관광에서는 그들의 신 숭배에 대한 경건함과 의지를 느낄 수 있었다. 대서양의 파도가 코앞에 보이는 노천카페에서의 커피한 잔은 걷느라 지친 피로를 말끔히 씻어 주었다.

심쿵하며 기다렸던 영화 「카사블랑카」를 촬영했던 「Rick's cafe」로 발걸음을 옮겼으나 저녁 늦게 오픈한다고 하여 쓴 입맛만 다시며 발걸음을 돌렸다. 트렌치코트와 "당신의 눈동자를 위하여"라는 치명적인 건배사를 유행시키며 우수에 젖었던 험프리 보가트나 잉그리드 버그만의 「카사블랑카」 촬영지를 못 보고 나오는 것의 아쉬움을 남기며 이 나라의 최고 높은 28층 건물의 재즈바로 향했다. 여기서 내려다보는 하산 2세 모스크와 하얀 건물들이 내가 꿈꾸었던 도시 카사블랑카의 실체라고 생각하니 좀 실망스러웠다(카사블랑카는 하얀 집이라는 뜻이다).

호텔 방으로 되돌아왔다. 어제 공항 픽업부터 하루 내내 가이드를 해준 진솔한 후배의 성의와 고마움에 신줏단지 모시듯 가져온 홍삼 몇 박스와 컵라면, 빳빳한 현지 화폐를 후배에게 주며 고맙다고 포옹을 했다. 아프지 말라는 인사말과 함께.

스페인   —

—
Amor Fati

· 프라도 미술관 앞의 고야 동상

"진정한 여행은 새로운 풍경을 보는 게 아니라 새로운 눈을 가지는 데 있다."라는 마르셀 프루스트의 글을 되새기며 마드리드를 탐색해 보았다. 세르반테스 동상 앞에서는 풍자와 해학이 넘치며 때론 직격탄을 날리면서 풍차를 적으로 생각하고 돌진하는 돈키호테의 무모함과 그를 따르는 동반자 산초의 이야기가 떠올랐고 프라도 미술관에서는 루벤스의 삼미신, 고야의 유명한 마야 부인 그림, 특히 「아들을 삼키는 사투르누스」의 끔찍하고 충격적인 그림에서 그가 그림을 통해 고발하고자 했다는 권력과 인간의 폭력성을 조금이나마 이해했으며 다빈치의 제자가 그렸다는 눈썹 있는 「모나리자」의 모사품에도 시선이 갔다.

· 길 떠나는 돈키호테와 산초

기네스북에 가장 오래된 레스토랑으로 오른 식당에서 새끼 돼지 요리를 먹을 생각에 들떠 있었으나 마드리드 왕궁 옆의 정원에서 발생한 집시 여자들의 소매치기 사건 때문에 김이 새서 새끼 돼지 요리는 포기하고 맥주만 들이켰다. 레알 마드리드 팬들이 축구 응원에서 보여 주는 그들의 자유, 뜨거운 정열 그리고 삶을 즐기며 살아가는 모습들이 곳곳에서 보였던 무적함대 스페인의 수도에서 김연자가 부른 네 운명을 사랑하라는 「아모르 파티」를 떠올렸다. 그래, 소매치기를 당한 것도 내 운명인걸….

알람브라 궁전과 로드리고

스페인에서의 마지막 날이라 그런지 멜랑콜리한 느낌에 리스트의 「위안」이나 피아졸라의 「망각」을 들으며 하루를 시작하고 싶지만 작열하는 태양에 우울함이 숨 쉴 곳이 없다. 안달루시아 지역 중 문화가 가장 발전된 역사의 도시, 그라나다에서 맞는 아침이다. 이 도시의 하이라이트는 뭐니 뭐니 해도 알람브라 궁전이다.

이 궁전은 유럽에서 현존하는 가장 큰 이슬람 양식의 궁전으로 4개의 구역으로 지어졌다고 한다. 1492년 가톨릭에 넘겨주고 왕이 동산을 넘으며 통한의 눈물을 흘렸다는 붉은 성이라는 뜻을 가진 궁전, 신이 만든 가장 위대한 예술품이 인간이라면 인간이 만든 가장 위대한 예술품이라는 이 궁전은 같은 이슬람 건축인 타지마할보다 300년 전에 건립되었다. '에메랄드 속의 진주'라 불리며 워낙 유명해서 그런지 한국 사람이 유난히 많이 눈에 띄었다.

궁전에 입장해야 하는데 하루 8천 명만 수용한다는 규정 때문에 입장하지 못했다. 그래서 나스르 궁전과 니콜라스 언덕에서 겉만 구경하는 것으로 만족했던 궁전 관광이다. 아쉬움을 뒤로하고 터벅터벅 걸어 내려오는데 프라하나 베로나 또는 크로아티아의 두브로브니크에서 보았던 아기자기한 작은 골목들의 친숙함이 느껴지며 어릴 적 뛰어놀던 옛집 골목길의 아름다운 추억에 잠시 센티해졌다.

배꼽시계가 보내는 허기짐의 시그널에 여행 내내 찾았던 스페인 전통 음식인 타파스는 썩 맛나지는 않았지만 시장이 반찬인지라 게 눈 감추 듯 해치웠다.

노천카페에서 쓰디쓴 커피로 스페인의 마지막 밤을 달래는데 그 유명한 「아란후에스 협주곡」이 어디선가 들려와 아쉬움을 더했다. 이 곡은 디프테리아로 세 살 때 시력을 잃은 호아킨 로드리고가 이곳으로 신혼 여행을 와서 작곡한 곡이다.

· 멀리서 본 알람브라 궁전

타레가의 「알람브라 궁전의 추억」을 들어 본다.

Life is Short

어젯밤도 오늘 아침도 오페라 이야기가 나오니 한마디를 하지 않을 수가 없다. 난 오페라가 참 좋다. 한때는 시쳇말로 환장해서 공연장을 일주일에 두 번씩 간 적도 많다. 줄거리나 극적 주제뿐만 아니라 인간의 내면 탐구 그리고 등장인물들의 무대 의상이 당대의 시대상을 시각적으로 명확히 보여 줘 눈과 귀를 즐겁게 하니 가히 종합 예술이라 불릴 만하다. 좌석에 앉아 있으면 행복감에 스르르 눈이 감긴다.

스페인 세비야는 「세비야의 이발사」가 초연된 곳이고 「피가로의 결혼」의 배경이기도 해 나에게는 오페라의 성지라 오고 싶어 안달이 났던 곳이었다.

세비야로 가는 비행기 안, 내 옆에는 신부님이 앉아 계셨다. 겉모습에서는 「가시나무새」의 랠프 신부 같은 인자함과 근엄함이 보였다. 낮은 목소리로 영어를 쓰시며 전화하는데 궁금증이 목구멍까지 차올랐다. 어느 나라에서 오셨는지 물으려다 앙상한 손가락과 손수 빨래를 많이 하셔서 그런지 생채기 있는 손등을 보고 보드라운 손을 가진 내가 무안하고 창피해서 꾹 참았다.

피곤한 줄도 모르고 시내를 걸었다. 오페라 속 카르멘이 다니던 담배 공장이 대학으로 변한 것에 씁쓸함을 느꼈다. 스페인에서 가장 아름다운 광장이라는 스페인 광장의 타일로 장식된 분수와 세비야의 상징인 눈물 흘리는 성모 마리아와 마카레나 성당 그리고 250년이 넘은 왕립 투우장의 규모와 역사에는 감탄을 금할 수 없었다. 그 거대한 투우장과 일단 뛰고 나서 생각한다는 이 나라 사람들의 성격….

· 1761년 세워진 왕립 투우장 · 1922년 4월 세비야의 투우대회 포스터

저녁 늦게 시작된 플라멩코 쇼에 덤으로 보여 준 카르멘의 단축 공연, 내가 너무 좋아하는 하바네라에서는 춤추는 주인공의 관능적인 몸매 그리고 깔보는 듯 내리깐 시선과 관중을 압도하는 퍼포먼스에 호세뿐만 아니라 관람하던 청중들도 반하고 나도 반했다.

돌아오는 길에 피카소를 닮은 머리가 큰 택시 기사 할아버지가 "Life is short."이라는 말을 했다. 내가 가고 싶어 했던 오페라 배경의 도시에서 원 없이 보낸 오늘 하루는 나의 기억에 오랫동안 남아 있을 것이다.

"Life is short."이라는 단순하고 귀에 익은 말과 함께….

오페라 이야기가 나왔으니 까치가 은쟁반을 물고 간 걸 하인이 훔쳤다고 오해한 실화를 바탕으로 작곡했다는 로시니의 오페라 「도둑까치」 중 서곡을 들어 본다. 도입부의 드럼 소리가 귀를 자극한다.

· 플라멩코 춤과 하바네라 공연

—
해산물 천국

유럽인들이 가장 살고 싶다는 도시 바르셀로나에 입성했다. 엊그제 독립 만세를 외쳤다는 카탈루냐 지방의 중심 도시이다. 주민 90% 이상이 스페인으로부터 독립을 원한다고 했지만 현지에 와 보니 의외로 차

분했다.

모던한 도시의 명성을 뽐내듯 호텔 바의 디자인도 눈에 들어오고 방에 들어서니 옷장도 페인팅이 되어 있다. 빠질 수 없다는 카탈루냐 음악당의 클래식 공연은 만석이라 다음을 기약하고 시장기가 들어 길거리로 나섰다.

도로는 넓고 우리의 남남북녀라는 말을 비웃듯 여인들도 남성들도 다 이목구비가 뚜렷하고 훤칠한 미남, 미녀다. 멕시코인 인상을 풍기는 마드리드 사람들과는 전혀 느낌이 다르다. 스페인 여성들은 눈이 예쁘다고 자꾸 칭찬하니 아내가 눈을 흘겨 댔다.

· 현지에서 먹은 빠에야

해산물 천국의 도시 바르셀로나, 100년이 넘었다는 유명한 식당을 찾겠다고 물어물어 도착한 식당에서 찐 오징어 비슷한 오징어 요리와 그 유명한 해물 볶음밥 빠에야를 시켜 먹었는데 약간 짠맛이 있긴 해도 명성에 걸맞은 음식이었다. 집에 있는 아이들이 이걸 먹으면 쩝쩝거리며 맛있게 먹었을 텐데 하는 생각이 들어 아이들에게 미안했다. 식당에서는 분위기에 취해 산 미구엘 맥주만 연거푸 들이켰다.

호텔로 돌아오는 길에 기분 좋은 포만감에서인지 방탄소년단 때문에 꼬레안을 좋아한다는 종업원의 말이 좋았는지 행복이 넘실거렸다. 맛있는 음식을 먹은 바르셀로나의 첫째 날 저녁이었다. 흥겨워진 몸과 마음을 보니 음식은 신체의 일부라는 말이 딱 들어맞는 것 같다.

독립 투쟁 중인 카탈루냐

위도가 우리나라와 비슷해서 느끼는 초가을 날씨 탓인지 아니면 20여 년 전 몇 번 와 본 탓인지 친밀감이 느껴지는 도시였다. 그 친밀감은 무엇보다도 카탈루냐의 독립을 위해 투쟁한 첼로의 거장 파블로 카잘스나 건축가 가우디에 대한 연민에서 나온 것인지도 모른다. 위도와 독립운동이라는 동질감을 가진 도시 바르셀로나다. 호텔 식당은 삼면이 거울로 장식되어 웅장함과 세련미를 뿜어내고 있었으며 예술의 도시답게 군데군데 화려한 그림을 채워 모던한 도시의 자태를 한껏 뽐내고 있었다.

적의 도시를 탈취한 점령군처럼 의기양양 호텔을 나섰는데 독립을 요구하는 시위대로 인해서 버스, 지하철과 택시 등 교통수단이 꽁꽁 묶여

버려 옴짝달싹 못 하게 되었다. 난감해하고 있는데 한 시민의 도움으로
택시를 발견하고 계획에도 없는 택시 투어에 나섰다.

· 독립을 요구하는 시위대의 모습

14세기 말, 스페인 전역에서 쫓겨난 유대인들이 정착해 살던 유대인의
산이라는 뜻의 몬주익을 시작으로 바르셀로나 올림픽 스타디움, 미니어
처로 만든 스페인 마을 그리고 모더니즘 건축의 대명사이며 천재 건축
가인 가우디의 최후의 걸작이자 아직 건축 중인 사그라다 파밀리아 성
당은 상상을 초월하는 자재와 현란한 색상으로 감탄을 자아내게 했다.
평생을 혼자 살며 건축의 혁명과 바르셀로나의 독립을 위해 투쟁한 건

축계의 이단아는 안타깝게도 전차에 치여 목숨을 잃었다. 가이드의 설명을 귀동냥해 들으니 가우디 사망 100년 되는 2026년이 완공 기일인데 실제 완공 날짜는 신만이 알고 있다나? 또한, 가우디와 쌍벽을 이룬 몬타네르라는 건축가가 30년 만에 완성한 세상에서 가장 아름답다는 산파우 병원을 가 보았다. 세상에, 병원이 아니라 예술 그 자체였다.

· 가우디 작품인 사그라다 파밀리아 성당

카사 밀라라는 해초들이 늘어진 듯한 건물과 카사 바트요라는 유리 모자이크로 만들어진 건물들을 다 둘러보았을 때 운전기사 겸 가이드를 더 독점하기 미안해 해변의 식당으로 향했다.

연신 손자, 손녀 사진을 보여 주며 자랑하던 마음씨 좋은 아저씨는 음주 운전도 아랑곳하지 않고 생맥주를 벌컥벌컥 들이켰다. 우리는 홍합탕과 해산물 찜을 폭풍 흡입하며 한국에서 먹는 듯한 익숙한 반가움과 낯선 곳에서 먹는 즐거움의 진수를 동시에 느끼며 굶주린 배를 채웠다. 한국에서는 공짜로 주는 홍합탕을 스페인이나 프랑스에서는 고급 음식으로 취급하고 돈을 주고 사 먹고 있으니 대한민국은 살기 좋은 나라임이 틀림없다.

카잘스의 곡 중에 카탈루냐 민요인 「새의 노래」를 좋아하지만 90살의 그가 매일 아침 8시에 연주했다던 바흐의 「평균율 클라비어곡집」을 들어 본다. 90살의 나이에 매일 연주를 하다니 그 혈기 왕성한 정력의 비결은 무엇일까(80살의 나이에 21살의 제자와 비밀 결혼한 카잘스다)?

폴란드

쇼팽의 고향 바르샤바

'거래처 관리'라는 허울 좋은 명목으로 정해진 루트로 향한다. 바르샤바, 부다페스트, 비엔나와 파리.

바르샤바나 브람스의 「대학축전 서곡」의 배경이기도 한 브로츠와프는 예전에도 많이 와 봤으나 늘 가을과 겨울에 온 터라 을씨년스러웠는데 이번만큼은 쇼팽의 고향에서 제법 따뜻한 햇살과 함께 봄을 느낄 수 있을 것이라는 희망에 조금은 들뜨기도 했다. 폴란드의 공항은 쇼팽 공항, 코페르니쿠스 공항 등 참 고유한 느낌을 주며 공항에서부터 '피아노의 시인' 쇼팽이 느껴졌다.

폴란드의 느낌은 늘 책으로 대하는 홀로코스트의 대명사 아우슈비츠가 떠올라 암울하기도 하지만 교황 바오로 6세의 조국이기도 해 부드러운 느낌도 든다. 교황 바오로 6세의 선종 후, 바르샤바에 간 적이 있었는데 파트너들이 '파파'라고 부르며 눈물을 흘려 얼마나 그분을 추앙했는지 짐작할 수 있었다.

주말에는 구시가지와 신시가지의 오래되고 새로운 도로의 감촉을 느끼며 오래 거닐 것이다. 그리고 언젠가 가 본 적 있는 쇼팽 공원과 쇼팽의 심장이 보관된 성당을 방문할 예정인데 성당에 들어가면 모자는 없지만 쇼팽에 경의를 표할 것이다.

그 오래전 슈만이 독일에서 새로운 음악 천재 쇼팽을 소개했듯이 말이다. "여러분, 모자를 벗으세요. 천재예요(슈만의 저서 『음악과 음악가, 낭만 시대의 한가운데서』 중에서)."

그리고는 오랜만에 바르샤바의 맛집에서 삼겹살과 차디차고 끈적끈적한 보드카를 한입에 털어 넣으며 혼자만의 시간에 기쁨과 외로움을 느끼고 청승을 떨 것이 분명하다.

잠시 후 바르샤바행 비행기가 테이크 오프를 할 것인데 무라카미 하루키의 『상실의 시대』 서두에 나오는 것처럼 승무원이 생긋 웃어 줄지 기대하며 승무원을 곁눈질할 것이다. 하지만 웃어 주지 않아도 난 미소를 지을 것이다. 왜냐하면 아리따운 승무원이기 때문이다.

#영화 「피아니스트」를 떠올리며 쇼팽의 「발라드 1번」을 들어 본다.

One Life, Live it Well?

"One Life, Live it Well." 내 카톡 배경 사진이다. 오래전 지금 머무는 호텔 피트니스 센터에 장식된 문구를 카톡 배경으로 한 후 한 번도 바꾸지 않았다. 혹자는 "그러니까 꼰대 소리 듣지."라고 말하겠지만 웰 비잉, 웰 다잉 시대에 이만큼 좋은 문구는 없을 것이다.

"한 번 죽지 두 번 죽나(One Life, Live it Well)?"

어제 아침에 보니 새로운 문구가 적혀 있었다.

A body in motion is hard to stop.

Fast, Fun, Effective

참으로 명불허전인 글이다. "움직이고 있는 몸은 멈추기 어렵다.", "빠르고 재미있게 효과적으로" 일생에 이렇게 신명 나게 일하고 짭짤한 수입이 있다면 더 바랄 나위가 없다.

가든 공원에 왔다. 오래된 나무의 흔적들이 곳곳에 보였다. 전에 와 보았지만 이번에는 새로운 느낌이 들었다. 며칠 전 김정은이 "물과 공기만 있으면 살 수 있다."라고 허풍을 쳤는데 여기야말로 물과 공기만 있어도 살 수 있을 것 같다. 공원을 천천히 걸으며 마음껏 신선한 공기를 들이마셨다. 평소에 하고 싶었던 일인 벤치에 앉아 담소하고 풀밭에 누워 책을 보려다가 너무 추워 엄두도 못 내고 가지고 온 책을 도로 집어넣었다. 어디선가 종소리가 3번 들렸다. 오후 3시였다.

· 쇼팽의 심장이 묻힌 곳, 성 십자가 성당

 # 쇼팽의 누나 누들 비카르가 파리에서 고국으로 들고 온 쇼팽의 심장이 묻힌 성 십자가 성당 안의 모습을 담아 보았으며 폴란드 출신인 크리스티안 지메르만의 「스케르초」를 들어 본다.

추신: 크리스티안 지메르만은 누구인가? 7살 때 첫 음악회를 갖고 18살에 쇼팽 콩쿠르에서 우승해 20년 만에 폴란드 자국민의 우승 소식을 전달한 잘생긴 용모의 연주자로 피아노를 직접 분해하기도 한다는데 미국의 미사일 방어 시스템(MD)을 폴란드에 설치, 검토 시 "미국은 폴란드에서 손을 떼라."라고 말하여 소신 있는 연주자라는 소리도 들었다.

그는 정경화와 깊은 친분이 있는데 정경화는 "앨범 하나 만드는 데 8년이 걸린 지메르만의 완벽주의에 질렸다."라고 했다. 조성진이 쇼팽 콩쿠르에서 우승했을 때 지메르만이 심사위원을 했는데 정경화에게 전화를 해서 "대체 이 친구는 누구인가?"라고 물었다는 일화가 있다.

—
쇼팽 생가와 하우스 콘서트

· 하우스 콘서트 모습

어제 아침 호텔 식당에서 가져온 꿀과 한국 라운지에서 가져온 인삼차를 뜨거운 물에 타 마시며 속 쓰림을 달랬다. 지난밤에는 호텔 해피 아워에 마신 스파클링 와인과 보드카 그리고 하우스 콘서트에서 몇 잔 먹은 벌꿀 술로 참 알딸딸했다. 계속되는 공짜의 행진에 묘한 쾌감마저 느끼며 이것이 여행 중 가지는 즐거움의 하나라고 생각했다.

· 쇼팽의 생가

40명이 앉아서 들을 수 있는 작은 공간, 데이트족이 유난히 눈에 띄고 혼자 온 사람은 나밖에 없는 듯 했다. 게다가 청일점, 동양인이어서 제일 뒤에 자리했다. 쇼팽의 나라에서 1만 7천 원짜리 하우스 콘서트라니. 게다가 벌꿀로 만든 달착지근한 'Mead'라는 술까지 얻어먹었으니 제대로 수지맞았다. 가성비가 제법이었다. 프로그램이 쇼팽의 대표적인 곡들로만 엄선되어 있고 쇼팽 특유의 우수와 낭만 그리고 섬세하고 여린 특성을 살려 마치 쇼팽이 직접 연주하듯이 음 하나하나에 감정을 실어 연주하니 황홀한 밤이었다.

바르샤바에서의 세 번째 밤은 외로움도 잊은 채 그리 지나갔다.

조성진의 연주로 폴로네즈 6번 「영웅」을 들으며 낮에 가 보았던 바르샤바에서 1시간 떨어진 곳에 있는 쇼팽 생가의 모습을 담아 보았다.

· 쇼팽이 연주하던 피아노

— 날씨에도 맛이 있나?

『날씨의 맛』, 날씨가 무슨 맛이 있다는 건지 얼토당토않은 책이라고 생각했으나 날씨가 감성에 근거한 쾌락과 관계가 있다는 서언이 흥미로워 시간 가는 줄 모르고 읽었다.

『날씨의 맛』은 프랑스 역사학자인 알랭 코르뱅이 비, 햇빛, 바람, 눈, 안개, 뇌우 등의 기후에 관해 철학자, 사상가, 소설가, 예술가가 느낀 다양한 감정을 연구하고 분석한 내용으로 날씨는 감수성에 근거를 두었으며 이 기상 현상들이 불러일으키는 관심, 표현, 욕망, 쾌락, 혐오의 형태는 어떻게 표현되어 왔는지 그리고 사회 문화와 예술 및 정치에 어떤 영향을 미쳤는가를 두루 망라하였다.

책을 보니 바람만 빼고 비, 햇빛, 눈, 안개, 뇌우 이런 기후가 외설, 쾌락과 연관이 있다고 한다. 대표적으로 '뇌우' 속에 춤추는 베르테르와 어느 후작 부인의 '비'를 맞은 후의 관능적인 느낌 그리고 『채털리 부인의 연인』에서 여름 '햇빛'을 묘사한 내용들이 있어 이곳에 옮겨 본다.

괴테는 질풍노도의 괴테였다. 베르테르는 여기서 자신이 로테와 짜릿한 춤을 추며 '첫눈에 사랑에 빠질 때' 정말로 뇌우가 번쩍인 이야기를 들려준다. 베르테르는 이렇게 썼다. "나는 나 자신이 그토록 민첩하게 느껴진 적이 한 번도 없었다. 나는 더 이상 사람이 아니었다. 세상에서 가장 매력적인 여자의 팔에 안기다니! 그녀와 함께 공중의 뇌우처럼 날아오르다니! 주변의 모든 게 지나가며 사라지는 것처럼 보였다! 느꼈다!"

역설적으로 비가 주는 불쾌감과 그것이 불러일으키는 흥분을 통해 비는 사교의 즐거움으로 연결되고 그것은 여성의 행동에 있어 법도를 뒤흔들고 위반을 허락한다. 관능적인 축제가 될 정도로 매우 흥분되는 일이다. 이것은 분명히 후작 부인에게 일탈을 기록하며 기쁨을 부추긴다. "비는 처음에 우리를 적시기 시작했는데, 곧 우리 옷에서 죄다 물이 흐를 정도로 젖었다."

겨울이 끝나 갈 무렵 의사들의 권고로 '햇빛'으로 보내진 젊은 여주인공은 어깨부터 발끝까지 거의 벌거벗은 몸을 햇빛에 내맡긴다. 온기가 그녀의 '골수'까지, 더 나아가 '감정'과 '사고'까지 파고드는 동안 그녀는 대담해져서 강하고 열정적이고 야생적으로 변해 가는 자신을, 여태껏 알지 못했던 생명력을 느끼게 된다. 이 모호하고 따뜻하며 묵직한 행복감 속에서 그녀는 자신의 깊은 곳에 지니고 있던 뭔가가 열리며 긴장이 풀리는 것을 느낀다. 자신의 의식보다 그리고 의지보다 더 깊은 곳에 숨어 있던 신비한 능력이 그녀를 태양과 하나로 만들었다.

햇빛은 당연히 쾌락주의와 연결된다. 더위 속의 노출, 선탠이라는 관능적인 즐거움을 약속하고 허용하며 그것을 통해서 아주 가까이에 있는 에로티시즘을 알린다.

음악과 그림 관련된 이야기를 하면 드뷔시가 비 때문에 「달빛」을 작곡했고, 비 때문에 빅토르 위고의 아름다운 작품들이 탄생했고, 비발디의 「겨울」과 드뷔시의 「눈이 춤춘다」를 꼭 들어 보라고 한다.

뇌우 이야기가 나오니 비엔나 신년 음악회에 단골로 등장하는 요한 슈트라우스 2세의 「천둥과 번개」 폴카를 들어 보며 쇼팽 박물관 안에 진열된 유물을 담아 보았다.

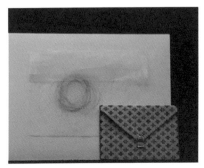

· 쇼팽이 보관했던 조르주 상드 머리카락   · 쇼팽의 주조된 왼손

추신: 반 고흐가 그린 「비 내리는 다리」가 일본 에도 시대 작가였던 안도 히로시게의 목판화 「아타케 다리에 내리는 소나기」의 사진을 모방한 내용을 책 속의 그림에서 발견하고 우키요에게 영향을 받은 인상파 화가들을 다시 한번 확인할 수 있었다.

헝가리　　　　　　　　　　　　　　　　　　　　　　—

—
부다페스트와 음악가 리스트

　내가 앉은 의자에는 낙엽이 떨어지고 건너편 강가에는 단풍이 들며 서서히 가을이 물들어 가고 있다. 다뉴브강을 바라보며 느긋한 아침과 여유 있는 시간을 보내는 것은 출빙여(출장을 빙자한 여행)에서 맛보는 기쁨 중의 하나이다. 이곳 부다페스트에 오면 늘 김춘수의 시 「부다페스트 소녀의 죽음」과 영화 「그랜드 부다페스트 호텔」 그리고 리스트의 연애사를 떠올린다. 오늘은 리스트와 그의 연인인 마리다구 백작 부인에 대해 이야기해 본다.

· 오페라 하우스에 있는 리스트의 동상

쇼팽이 조르주 상드와 그랬듯이 리스트 역시 22살 때 파리에서 만난 6살 연상의 백작 부인과 사귀게 된다. 특히 쇼팽의 집들이에 요란한 불륜 커플이라 불리던(당시엔 이혼이 합법적이 아니었으므로) 리스트가 상드를 초대해서 쇼팽과의 인연을 만들어 주었다.

당시 파리 상류 사회에서 쇼팽과 리스트의 인기는 대단해서 애인을 사귀려면 리스트를 만나고 남편감은 쇼팽이라는 말이 유행했다고 한다. 급기야 마리다구 백작 부인은 남편과 애를 버리고 리스트와 도망가는데 두 사람의 도피 행각도 딸 둘을 낳고 약 10년 만에 끝난다.

· 부다페스트 전경

베를리오즈, 파가니니 그리고 쇼팽 등이 리스트에게 영향을 끼쳤는데 리스트는 기존 왼손, 오른손 각각의 연주 방식을 깨고 양손 연주라는 새로운 연주 방식의 시대를 열었고 한층 진보된 피아노 테크닉인 초절기교는 하나의 도전이었다고 한다. 특히 리스트는 쇼맨십이 강해 피아노를 치는 도중 장갑을 청중 쪽으로 던지거나 일부러 기절하는 척을 하는 등 퍼포먼스를 통해 관중들을 매혹했다고 전해진다.

#「사랑의 꿈」을 들어 본다.「사랑할 수 있는 한 사랑하라」는 리스트 3개의 녹턴 중 한 곡이다.

노르웨이   —

—
노르웨이의 숲

2016년 11월 13일, 내 노트에 적혀 있는 날짜다. 이날은 북유럽의 심장이며 청정한 나라를 대표하는 노르웨이 오슬로에 도착한 날이다.

오슬로라는 낯선 도시에서 하루를 맞았다. 누군가 삶이 빛을 잃고 있다면 익숙한 곳을 떠나 낯선 곳에 있어 보라고 했지만 처음 온 곳이기에 긴장이 앞선다. 마음의 소리가 이끄는 대로 움직여 떠난 이번 여행, 이번 여행의 화두는 철저히 혼자만의 시간을 즐기자는 것으로 정했는데 북유럽에서 실천하려니 벌써 고독이 느껴지고 을씨년스럽다.

아침 일찍 호텔에 도착하자마자 바로 시내 투어에 들어갔다. 사방은 온통 외국인들뿐이고 버킷 리스트에 적지 않았지만 갈망하듯 보고 싶었던 뭉크의 「절규」를 월요일 정기 휴관이라 못 본 것이 영 맘에 걸렸다. 휴관의 허망함을 꾹 누르고 대신 바이킹 배 박물관과 조각 공원, 아문센 남극 탐험 기념 박물관 및 스키 점프장을 가 봄으로써 위안을 받은 날이었다.

거리와 상점은 노르딕(Nordic)이란 상표와 제품으로 가득 채워져 바이킹의 후예다운 방대하고 모험적이며 진취적인 북방 민족의 자부심을 뽐내는 듯했다.

· 바겔란 조각 공원

　비겔란 조각 공원 근처의 공원과 숲속은 온통 노란색 물감을 칠한 채 가을의 끝자락을 뿜어내고 있었다. 깨끗하게 정돈된 도시와 주변 자연이 주는 신선한 공기는 북유럽이 자랑하는 청정의 도시다웠다. 노란색 낙엽을 밟으며 금년 노벨 문학상을 놓친 무라카미 하루키의 『상실의 시대』 원제로 쓰일 만한 도시라고 생각하며 눈을 감고 감흥에 빠져들었다. 책을 읽은 지 꽤 오랜 세월이 지났는데 원제가 왜 '노르웨이의 숲(Norwegian Wood)'인지 곰곰이 생각해 보았다. 소설 속의 비틀스 곡에서 따왔는지도 모르지만 이 지역 특유의 신비스러움과 고상함, 섬세함 때문이 아니었을까(북유럽인들은 첫 월급을 받으면 의자를 산다고 하니 왠지 고상함과 지적인 면이 보인다)?

　해가 짧은 도시에 어둠이 깃들자 사람들이 거리를 메웠다. 나는 『상실의 시대』 주인공인 '나'를 따라 하듯 걷고 또 걸어서 호텔로 돌아왔다.

＃ 노르웨이인들이 자랑하는 그리그의 「페르귄트 조곡」에 나오는 「아침 정경(Morning Mood)」를 들어 본다.

· 날렵한 모습의 바이킹선

—
피오르에서 마신 빙하수

노르웨이 제2의 도시인 베르겐에 왔다. 인구 25만 명의 작고 예쁜 해안 도시, 도시 자체가 유네스코 세계 문화유산으로 등재된 그리그의 고향이다. 하늘이 도운 듯 날씨가 기가 막히게 좋았다. 햇볕이 쨍쨍 내리쬐는 날씨였다. 착륙하자마자 관광 안내소로 직행했는데 내일은 비가 온다고 해서 내일로 예매한 피오르 크루즈 티켓을 오늘로 바꿨다. 호텔에 체크인을 하자마자 두근거리는 가슴을 진정시키고 선착장으로 달려갔다.

· 베르겐 풍경

피오르로 향하는 보트에는 관광객이 100여 명이 넘어 보였는데 동양인은 싱가포르인 부부와 나 달랑 셋뿐이었다. 파란 하늘의 색깔이 스위스 루체른과 비슷한 느낌이 났는데 이곳이 영화 「겨울 왕국」의 배경이라는 가이드의 멘트에 색다르게 느껴졌다. 그야말로 하늘과 구름과 바다가 맞닿은 듯한 황홀한 풍광에 추운 줄도 모르고 선상에 나와 넋을 빼앗겼다. 정신을 차리고 신비함이 가득한 폭포수에서 흘러내리는 물을 생명수나 되는 듯 몇 모금 마시니 차갑고 상쾌한 기분이 들어서 십 년 묵은 체증이 내리는 듯했다.

세 시간 반의 선상 크루즈 투어를 마치고 돌아오는데 피곤함이 엄습하여 졸다 깨다 반복하니 선착장이었다. 아니나 다를까 예보대로 비가 내리기 시작했다. 호텔에 들어와 페치카 앞에 잠시 서서 얼은 몸을 녹였다. 오래된 호텔이지만 직원도 친절하고 분위기도 있어 페치카처럼 따뜻함이 느껴지는 정겨운 호텔이었다.

공항 라운지에서 들고 온 컵라면을 먹고 나니 몸이 데워지며 확 풀렸다. 컵라면 하나로 행복을 경험한 최고의 순간이었다.

· 피오르의 풍광

요정이 살고 있는 언덕 트롤하우겐

바람은 불어도 비는 그칠 줄 알았더니 심술 맞게 계속 온다. 그래도 솔베이지가 페르귄트를 기다리다 지쳐서 우는 탄식과 지고지순한 사랑의 눈물 같아 내리는 비가 밉지 않다.

어제 보트에서 찬 바람과 추위에 고생해서 레깅스까지 꺼내 입고 나왔는데 잘 입지 않던 낯선 속옷이라 앞뒤 구분이 되지 않아 입을 때 한참 애를 먹었다. ㅎㅎ

시내 중앙에 있는 그리그 동상과 공원 그리고 작은 호수를 둘러보았다. 노르웨이의 자랑인 그리그로 넘쳐흐르는 도시였다.

· 그리그의 생가

전철을 타고 그리그의 생가인 트롤하우겐(Troldhaugen)으로 향했다. 트롤하우겐은 요정이 살고 있는 언덕이라는 뜻이다. 그리그 생가 주변은 숲과 물과 집이 어우러져 그리그에게 끝없는 작곡의 영감을 주었을 것이다.

비가 내려서 그런지 박물관에는 관람객이 나 혼자밖에 없어서 마치 VIP로 초청된 듯했다. 천천히 여유롭게 그리그가 지내던 공간을 둘러보았다. 여름이면 그리그가 치던 피아노로 관람객들이 직접 연주를 한다고 한다. 그리그와 그의 아내의 다정스러움이 느껴지는 피아노가 놓인 전시실, 요정이 살고 있을 것만 같은 나무숲과 작은 산책로 그리고 주변을 둘러싼 호수는 기다림의 대명사인 「솔베이지의 노래」가 지극히 잘 어울리는 풍광이었다.

그리그의 「피아노 협주곡」 1번 들어 본다. 1악장 시작 부분의 웅장함과 장엄함 그리고 열정적인 분위기가 압권이다.

추신:『상실의 시대』를 읽고 노르웨이에 궁금증을 느껴 떠난 이번 여행은 하루키가 내게 준 고마운 선물이었다.

· 트롤하우겐 입구

· 그리그 생가 내부 모습

— 마치 하루키처럼

만약 우리의 언어가 위스키라고 한다면,

이처럼 고생할 일은 없었을 것이다.

나는 잠자코 술잔을 내밀고

당신은 그걸 받아서 조용히

목 안으로 흘려 넣기만 하면 된다.

너무도 심플하고, 너무도 친밀하고,

너무도 정확하다.

『만약 우리의 언어가 위스키라고 한다면』

· 에든버러성

"가슴이 떨릴 때 움직이라."라는 말을 핑계로, 나를 찾아 떠난다는 명목으로 집을 나섰다. 낯선 거리와 사람들 사이를 바람처럼 자유롭게 스쳐 지나가며 혼자 걷는 기쁨을 만끽했다. 3천 년 이상 된 역사를 가진 현무암 속에 세워진 에든버러성에 올라 도시를 내려다보았다. 그리고 무라카미 하루키의『만약 우리의 언어가 위스키라고 한다면』을 떠올리면서 위스키로 융단 폭격을 맞은 듯한 도시를 감상했다.

· 치마를 입은 남성

아이가 태어나면 사람들은 위스키로 축배를 들고 장례식에서도 매장이 끝나면 모인 사람들에게 술잔을 돌리고 사람들은 그걸 단숨에 비우고 술잔과 위스키병을 바위에 던져 버려 아무것도 남기지 않는다.

『만약 우리의 언어가 위스키라고 한다면』

머릿속에 우리나라 어느 잡지에서 배우 정우성이 '우리가 깊어지는 시간, Time well spent'라는 멋진 제목으로 위스키 광고를 하고 있는 사진이 떠올랐다. 위스키와 깊어지는 시간들….

· 에든버러의 자랑, 데이비드 흄

· 스코틀랜드 국립 박물관

에릭 와이너가 쓴 『천재의 발상지를 찾아서』에서 그는 에든버러를 실용성 분야에서 천재성을 발휘한 도시로 규정했다. 경제학자 애덤 스미스와 데이비드 흄이 활약한 이 도시의 신시가지는 계몽주의와 산업 발전의 산물이며 신시가지 구상은 1766년 도시 계획 공모를 통해 확정되었는데 동서로 뻗은 대로를 중심으로 남북 방향으로 길을 낸 근대적 격자 구조이다. 지성의 도시 에든버러에서 당시 장사가 가장 잘된 업종은 인쇄, 출판, 서점이었다. 18세기 5곳에 불과했던 제지 공장도 18세기 말 260곳으로 늘고 신문 부수는 3배로 늘어났다고 한다.

지성의 도시라 그런지 저들이 자랑하는 역사 소설가 월터 스콧의 기념비가 있는 잔디밭에서는 하늘을 바라보며 자유를 향유하는 사람들이 누워 있었고 거리의 카페에는 사람들이 책을 읽으며 미소를 머금고 담소하고 있었다. 어디에선가 백파이프 소리가 들렸다.

· 위스키 박물관에서

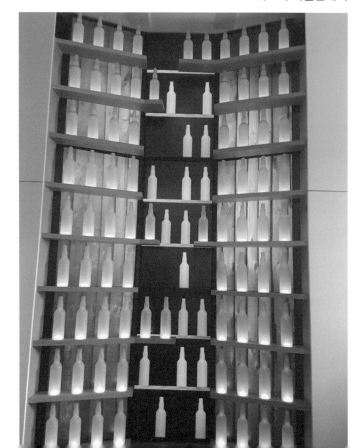

이제야 연착된 기차에 앉은 채 『해리포터』를 구상한 조앤 롤링이 왜 에든버러 카페를 그리 아끼며 그리워했는지 이유를 알 듯하다. 무료로 개방된 스코틀랜드 국립 미술관에서 고갱, 세잔, 고흐, 마네, 모네, 드가와 로댕 등의 그림과 조각을 덤으로 보는 즐거움까지 만끽한 에든버러의 밤은 그렇게 지나갔다.

영국령을 이야기했으니 엘가의 「수수께끼 변주곡」 9번 「님로드」를 들어 본다. 이 곡은 엘가가 부인 엘리스에게 헌정한 곡으로 영화 「덩케르크」에 삽입된 곡이기도 하다.

90세 할머니의 록 앤드 롤

나는 정말 운이 좋은 놈이다. 에든버러에 머문 4일 내내 날씨는 한국의 5월처럼 화창하고 바람이 솔솔 불었으니 혼자 어슬렁거리기 딱 좋은 최적의 날씨였다.발길이 닿는 대로 가 보았다. 남자들의 로망이라는 레인지로버의 고향에 온 게 맞는 듯 거리에는 각양각색의 차량이 넘실거렸다. 「007 스카이폴」에서 007이 까만색 레인지로버를 타고 나왔던가?

뉴타운에 갔다. 아직도 개발하는 곳이 많이 보였고 도로는 반듯반듯한 걸 보니 도시 계획이 참 잘된 듯하다. 동양인이라고는 달랑 나 하나밖에 없는 듯한데 주변에는 천연 잔디밭이 있고 한적하고 자그마한 냇가를 한없이 걸으며 자연의 향기에 취하고 오감 만족을 느꼈다. 영화 「파

리로 가는 길」의 능청스러운 남자 주인공과 그의 매력에 끌리는 여자 주
인공이 피크닉을 온 것처럼 풀밭에 남녀의 모습이 보인다. 나도 덩달아
따라 앉고 싶었다. 거기서 올려다본 하늘은 파랬고 뭉게구름이 피어올
랐다.

　한참 동안 어슬렁거리다 랍스터와 샴페인 세트를 4만 원에 먹을 수 있
는 250년이 된 식당을 발견하니 횡재한 듯하다. 나는 그곳에서 내 옆자
리에 앉은, 딸과 반려견 2마리와 함께 온 90살 할머니와 이야기를 나누
게 되었다. 자기가 좋아하는 밴드 이야기를 하며 로큰롤에 맞춰 춤을 추
고 싶다는 그녀의 모습을 보니 마치 양귀비꽃처럼 빨갛고 불타는 열정
이 느껴졌다. 할머니의 이야기를 듣고 있노라니 한 시대 게임 체인저라
는 어느 정치인이 "90살 살면서 90살에 생각해 보니 89살까지가 헛된
인생이었다."라고 한 말이 참 그럴듯하게 느껴졌다.

· 샌프란시스코의 언덕을 연상케 하는 에든버러의 언덕길

낮에 4가지 종류의 싱글 몰트 위스키와 맥주까지 번갈아 들이켜며 독일과 싸우는 우리 축구팀을 응원했다. 다음 날 아침 톱뉴스는 디펜딩 챔피언인 독일이 짐을 싸 들고 집에 돌아간 것이었고 우리나라 인터넷을 찾아보니 차범근이 승리에 도취해 너무 울어 머리가 아프다고 나왔다. 이국땅에서 알게 된 승리 소식에 이 노래가 떠올랐다.

Queen의 「We are the champions」를 들어 본다.

—
인생은 안단테 사랑은 비바체

제임스 조이스의 『더블린 사람들』을 읽으며 무라카미 하루키의 『만약 우리의 언어가 위스키라고 한다면』을 따라서 가 보았던 더블린에 대한 추억을 소환한다.

신비에 싸인 비밀의 정원 같은 나라 아일랜드의 더블린에 왔다.

공항에서 호텔까지 오면서 쉬지 않고 영국에 대한 원한과 험담을 퍼붓는 주독이 오른 빨간 코 아저씨를 만났다. 아일랜드는 켈트족과 바이킹족으로 구성되어 있는데 400년 동안 영국의 속국으로 지배를 받았다고 하며 감자 대기근 등의 재앙에 대해 이야기하니 슬픈 역사를 지닌 민족임이 새삼 느껴졌다.

첫날, 생맥주의 유혹에 빠져 짐을 풀자마자 호텔 바로 직행했다. 아이리시 기네스 생맥주와 500년 역사의 크롬웰 맥주를 시켜 맛보았다. 맥주 맛은 말로 형용할 수 없을 만큼 훌륭했다. 창피한 이야기지만 물 탄 듯한 우리나라 생맥주와는 차원이 달랐다. 더블린의 밤은 깊어만 갔고 나는 아이리시 맥주만 청승맞게 들이켰다. 이럴 때 아일랜드의 록 밴드 U2의 음악이라도 들으면 좋은데….

둘째 날, 아일랜드의 악동이었으며 엉덩이 미학(美學)에 집착했다던 제임스 조이스를 떠올렸고 낮은 건물 사이 관광객들로 붐비고 있는 거리를 하염없이 걸으며 아일랜드 시인 예이츠의 시 「이니스프리의 호도」를 떠올렸다.

나 일어나 이제 가리. 밤이나 낮이나….

지친 걸음을 이끌고 터벅터벅 호텔에 돌아오니 잊고 있던 『무라카미 하루키의 위스키 성지여행』이 생각나 어제 앉았던 자리에 폼을 잡고 앉아 하루키가 추천한 제임슨(Jameson) 위스키를 잔으로 시켰다. 남들은 물과 섞어 마시는데 허세를 부리며 스트레이트로 쫙 들이켜 마시니 취기가 오르며 호박 빛깔의 그 맛에서 헤어날 수 없다. "브라운 색 음료의 맛을 아는 것은 50세가 넘어서다."라는 표현이 있는데 위스키가 인생 여정 그 자체이기 때문이라고 한다. 그 말에 공감이 갔다.

셋째 날, 그렇게 가고 싶던 골웨이(Galway, 대서양의 한 만)와 모허의 절벽(Cliffs of Moher)에 갔다. 예약된 버스 정류장으로 가는데 길을 헤매다 천신만고 끝에 출발 전의 버스를 발견, 헐떡거리며 운전자 옆 조수석에 앉았다. 젠장, 동양인은 나밖에 없어서인지 돈을 내고 괄시를 받는 느낌이었다. 목적지로 향하는데 끝없이 펼쳐진 고속 도로와 노란 단풍과 파란 목초 지대 그리고 한가히 풀을 뜯는 양 떼…. 가을의 그리움인지 혼자만의 외로움인지 며칠 전 들었던 패티킴의 「가을을 남기고 간 사랑」이 떠오르며 가족에 대한 그리움이 물밀듯이 밀려왔다. 그러다 갑자기 돌아가신 부모님 생각에 눈물을 훔쳤다. 에구, 사내놈이~

· 골웨이의 고성과 풍광

· 모허의 절벽

갑자기 버스 안 사람들이 환호성을 질러 보니 어느새 비는 그치고 무지개가 떠오르고 있었다. 오랜 여행길에 타지에서 본 무지개는 처음이라 좋은 일이 일어날 것 같았다.

가이드의 Match Making 이야기에 귀 기울여 들어 보니 9월 1일부터 10월까지 짝을 찾으려고 매년 4만 명의 유럽 사람이 여기를 찾는다고 한다. 별 희한한 해외 원정 부킹(?)도 다 있다. 이 짝짓기 행사도 「동물의 왕국」에 나오는 쟁탈전처럼 치열할 것 아닌가? 그야말로 인터내셔널 짝짓기 대회다.

1시간을 더 가 대망의 모허의 절벽을 만났다. 『해리포터』의 촬영지기도 했던 이곳은 150미터의 절벽으로 3억 5천 년 전 생성된 곳인데 숨 막힐 듯한 아름다움을 자랑하는 대자연의 장관에 탄성만 나왔다. 오래오래 보고 싶었으나 제한된 시간만 주어져 서둘러 둘러봐야 해서 아쉬웠다.

돌아오는 길, 하늘은 아름다운 감탄사만 흘러나왔다. 이 여운을 가지고 들른 펍, 피시 차우더가 세상에서 제일 맛있다는 시골 마을의 펍에 들러 차우더와 생맥주를 한 잔 시키고 전통 아이리시 바의 매력에 흠뻑 빠졌다. 페치카의 따뜻함과 위스키 한 잔, 친구들과 여유롭게 이야기하며 느리게 살 수 있는 곳, 그곳이 바로 여기가 아닌가 싶었다.

이번 여행에서 얻은 것은 뭘까? 그래, 인생은 안단테 사랑은 비바체야.

「가을을 남기고 간 사랑」을 첼로 연주로 들어 본다.

추신: 페미니스트 시인인 리베카 솔닛은 『마음의 발걸음 - 풍경, 정체성, 기억 사이를 흐르는 아일랜드 여행』에서 독립운동의 선구자인 로저 케이스먼트의 나비 수집과 동성애의 이상하고도 진솔한 뒤섞임에 대해 이야기했다.

다시 태어나면 나비가 되고 싶다고 말하는 사람도 있다. 나비는 온갖 달콤한 꿀들을 탐닉하는 탐미주의자이며, 에릭 사티의 「Je te veux(당신을 원해요)」를 연상하게 하는 근사한 수사자이며 온갖 아름다운 색깔로 자연을 누비며 날아다니는 치명적인 유혹자이기도 하다.

· 레스토랑에서, 오래된 아이리시 위스키 광고들

미국

—
비와 눈물의 도시 시애틀

집으로 가는 길, 쓸쓸하고 외롭던 시애틀 생각이 났다. 갈 때마다 늘 비가 왔었는데…. 이번에는 잠깐 경유하는 곳이라 그런지 느낌이 달랐다. 기가 막히는 항공사의 꾐에 빠져 순간의 칵테일(Cocktail of the moment)을 주문하고 오감을 총동원해 마시는 칵테일의 묘미는 무엇일까 생각하며 혼자 빙긋 웃었다. 순간(Moment)이라는 느낌에 여러 상념이 밀려온다. 슈베르트가 몇 편의 작품을 모아서 발표했다는 「악흥의 순간」, 나도 이런 순간들이 모여서 내 삶의 일부가 되지 않을까 하는 생각이 든다. 순간의 아름다움이 계속되었으면….

작년에 온 스타벅스 1호점의 모습을 담아 보며 스타벅스의 유래를 살펴본다.

허먼 멜빌의 『모비딕』에 나오는 일등 항해사 이름이 스타벅(Starbuck)이다. 열정적인 성격이면서 양심적이며 신중함을 가진 의리의 사나이 스타벅은 흰고래인 모비딕을 잡기 위해 선원들을 선동하는 에이허브 선장에 맞서다 결국 배와 운명을 함께하는데 이것이 커피 브랜드 스타벅스의 어원이 되었다.

내가 존경하는 고 장영희 교수님은 그 괴팍한 선장이 스타벅에게 하는 말을 인용한 적이 있다. "당신은 좋은 사람이야." 아, 나는 몇 살이 되어야 이 소리를 들을 수 있을까? 혹시 달콤한 소리만 듣고 하고 싶어 하는 걸까? 불현듯 장영희 교수님이 번역한 메리 프라이의 「내 무덤가에서서 울지 마세요」 구절을 생각해 내고는 이해인 수녀님과의 우정을 생각하며 외지에서 잠깐 눈물지었다.

· 스타벅스 1호점

한편 스타벅스 로고에는 바다의 마녀인 세이렌이 있다. 이성(스타벅)이 감성(세이렌)을 저지한다는 뜻이다.

추신: 그러고 보니 시애틀은 눈물의 도시인가 보다. 자주 오는 비와 혼행으로 센티해져서 남몰래 흘리는 눈물, 장영희 교수님을 생각하며 흘

리는 눈물 그리고 시애틀에 사는 절친의 임종을 보기 위해 서울에서 미국으로 날아간 따뜻함과 의리가 넘치는 내 친구가 절친을 그리워하며 흘리는 눈물 등….

—
마지막 카우보이

카우보이의 땅, 텍사스주 댈러스를 거쳐 미국에서 말도 많고 탈도 많은 멕시코 국경 지대로 가는 길이었다. 집을 나서는데 동장군의 한파로 몸은 꽁꽁 얼어붙고 체감 온도는 살을 엔다. 이른 아침 사람들은 종종걸음으로 어디론가 향하고 나는 한 평 남짓한 비행기 공간으로 향했다.

미국에 도착하고 국내선 환승을 위해 공항 게이트에 우두커니 앉아 지나가는 사람들을 구경하는데 그날따라 한산해 글로벌 불황을 실감했다. 공항 상점에서는 늘 보이던 서부 영화의 전설, 존 웨인을 조각한 상품이 더 이상 보이지 않아 씁쓸하기도 했다. 곳곳에 진열된 텍사스를 선전하는 상점에서 텍사스의 대명사였던 시니어 조지 부시가 장례식장에서 유세 도중 마네킹과 악수했다는 이야기가 떠오르며 내 유머의 상실을 질책했다. 며칠 전 지면에서 "나이 먹은 애는 되지 말고 품위와 유머는 간직하라."라고 했거늘….

몇몇 카우보이모자를 쓴 사람을 보면서 자기 자신을 '이 시대의 마지막 카우보이'라며 프란체스카의 마음을 홀렸던 「메디슨 카운티의 다리」

의 로버트 킨케이드의 인생에 대한 감각과 강렬한 사진에 대한 열정 그리고 프란체스카와의 4일간의 이야기가 떠올랐다.

딱 나흘이었어.

작년에 와서 담아 두었던 존 웨인이 남긴 노인의 법칙(Old Man's rule) 문구를 담아 본다.

인생은 원래 힘들다. 그러나 어리석으면 더 힘든 게 인생이다.

나는 술을 마시지 않는 사람은 신뢰하지 않는다.

낮게 천천히 말하고 많이 말하지 마라.

· 존 웨인의 「노인의 법칙」

그리고 「메디슨 카운티의 다리」에서 킨케이드가 프란체스카에게 유품으로 보낸 편지 내용도 시대의 카우보이가 남긴 마지막 말 같아서 옮겨 본다.

그 점을 마음에 간직하고 살려고 애쓴다오. 하지만 결국 나도 사람이오. 그리고 아무리 철학적인 이성을 끌어대도 매일 매 순간 당신을 원하는 마음까지 막을 수는 없소. 자비심도 없이 시간이, 당신과 함께 보낼 수 없는 시간의 통곡 소리가 내 머릿속 깊은 곳으로 흘러들고 있소. 당신을 사랑하오. 깊이, 완벽하게. 그리고 언제나 그럴 것이오. 마지막 카우보이, 로버트가.

추신: 지난여름 해리에 새 엔진을 달았더니 이젠 잘 달리오.

영화 「Bel Canto」에 나왔던 오페라 가수가 인질범에게 가르쳐 주는 토스카의 「사랑에 살고 노래에 살고」를 들어 본다. 영화에서는 르네 플레밍의 목소리를 직접 삽입했다.

—
아리스토텔레스처럼 걷기

명절을 앞두고 있어서인지 공항 가는 길에 내 마음은 심란했고 싱숭생숭했다.

기내에서는 조간신문에 난 "알 파치노의 탱고 뒤에 숨은 위스키"라는 멋진 기사를 흉내 내며 잭 다니엘 싱글 배럴을 주문하고 갓 구운 따뜻한 아몬드와 함께 한 모금씩 음미했다. 마치 여행을 가서 느릿느릿 걷듯이… 입 안 가득 퍼지는 깊은 풍미와 달콤 짭짜름한 아몬드의 마력에 빠져 알딸딸해지자 온갖 종류의 미묘한 감정의 선이 얽히고설키며 묘한 감성의 길로 접어들었다. 난 취기와 공짜의 마력에 빠져 맥칼란 싱글 몰트 위스키를 더블로 시켰다. 그날 나는 누가 봐도 전형적인 어글리 코리안의 모습이었다.

난 여유롭고 한적하고 온화한 날씨를 가진 샌디에고를 좋아한다. 한국 사람이 이런 이야기를 하면 좀 그렇지만 난 그들의 조곤조곤한 목소리와 환한 웃음과 유머를 곁들인 담소가 좋다. 가끔가다 떠들썩하고 왁자지껄하게 여는 생일 파티도 맘에 든다. 때론 밤늦게까지 이어지며 쿵쾅거리는 불금의 밴드 소리에 잠 못 이루면 짜증 날 때도 있지만….

한국의 토종 조선 굴을 닮아 타바스코를 찍어 먹는 작은 오이스터, 토마토케첩과 레몬이 잘 어울리는 새우 칵테일 그리고 꿈속에서나 먹어보는 랍스터와 뉴욕 치즈케이크를 적당한 가격으로 먹는 즐거움은 샌디에고를 사랑하는 또 하나의 이유이다.

또한 항구 주변에 걸려 있는 셀 수 없이 많은 보트와 그 주위를 맴도는 갈매기들의 향연 그리고 멀리 보이는 항공 모함, 뉘엿뉘엿 해가 질 때 어김없이 나타나는 조깅족, 항구의 평화로움과 대자연의 공기를 만끽하며 아리스토텔레스를 흉내 내듯 느리게 산책하는 사람들, 그들을 따라 발길을 함께하다 보면 미세 먼지의 고통을 잊으며 혼자 느끼는 고독의 즐거움은 배가 된다. 이제 일은 다 끝냈다. 남은 이틀은 발길 가는 대로 어슬렁거리며 혼술, 혼밥을 하고 한적함과 여유를 만끽해 보련다.

· 내가 좋아하는 식당, 「Fish Market」

· 샌디에고의 명물, 전쟁에서 돌아온 수병과 간호사의 키스

드보르작의 오페라 「루살카」 중 「Song to the Moon(달님에게 바치는 노래)」을 들으며 지인의 자료 중 시선을 끈 시인과 글귀를 옮겨 본다. '지성보다 고통에 더 가깝고 잉크보다 더 피에 가까운 시인'이라는 라틴 아메리카를 대표하는 칠레의 파블로 네루다와 "나는 아메리카의 아들이오, 스페인의 손자다."라고 말한 니카라과의 루벤 다리오.

할아버지, 이 말씀은 꼭 드려야겠어요. 제 부인은 이 땅 사람이지만 제 애인은 파리의 여인입니다.

―
「I Left My Heart in San Francisco」

샌프란시스코의 피어 39번 부두에서 멋진 폼을 잡고 서 있는 친구의 사진을 보고 한없이 부러웠다. 내가 몇 번 갔던 곳이기도 한데…. 이 혼돈의 코로나 시기에 샌프란시스코에 가다니(이제부터 샌프란시스코를 SFO라고 부르겠다. 여행사들이 공항 이름을 그리 줄여 부르듯이)….

나와 동료들은 SFO 근처에 있는 도시들을 베이 에어리어(Bay Area)라고 불렀다. SFO가 만(灣)이고 그 중심에 세계를 지배하는 미국의 거대한 IT 기업들(팔로알토, 쿠퍼티노, 써니벨 등)이 실리콘 밸리라 부르는 곳에 있기 때문이다.

SFO로 비행기가 랜딩할 때, 창밖으로 내려다보이는 금문교 사이로 환한 햇빛과 바다의 그 눈부신 모습은 아직도 생생하다. 착륙 후 101번 도로를 타고 목적지로 향하는 기분! 우리는 007을 더블오세븐이라고 부르듯이 그 도로를 원오원이라 불렀는데, 나는 한국에서도 101번 도로를 지날 때마다 SFO의 도로를 떠올리며 내 생애 최고의 열정을 쏟아부은 글로벌 회사에서 일했던 회상에 젖고는 한다.

셀 수 없을 만큼 숱하게 다닌 SFO지만 마음의 여유를 갖고 휴가를 갔던 적은 몇 번 되지 않는다. 휴가 기간 중 그리 가고 싶었던 샌프란시스코 현대 미술관(SFMOMA)에서 한가로운 시간을 보냈다. SFMOMA를 발음하니 한국의 SOMA 미술관이 떠오른다. 뉴욕에도 MOMA가 있듯이…. 그렇게 보니 미술관은 다 MA(Museum of Art)로 끝나나 보다.

· 프리다 칼로의 이인 초상화

이 미술관에서 마티스의 유명한 「모자 쓴 여인」, 피카소의 정물화 「물잔과 커피포트」, 소변기를 예술로 승화한 마르셀 뒤상, 아트 예술의 선구자였던 앤디 워홀, 리히텐슈타인과 에드워드 호퍼 등의 작품을 가까이에서 감상할 수 있었다. 그중에서 쓰러지지 않는 고통의 여왕이라 불리는 프리다 칼로와 그녀와 두 번이나 결혼한 디에고 리베라가 함께 그려진 이인 초상화에서 약간 일그러진 듯한 표정의 칼로를 보며 그녀의 굴곡진 인생이 느껴졌다. 칼로의 초기 작품으로 SFMOMA 개관 시 출품된 작품인데 칼로는 디에고의 얌전한 부인으로 묘사된다.

관람이 끝난 후 '커피 업계의 애플'이라 소개된 「Blue Bottle」 1호점에서 줄을 서서 기다린 끝에 약간 신맛이 나는 커피를 처음 시음했고, 딸 선물로 몇 가지 커피를 담았다. 딸이 어디 가서 한국에 없는 커피를 사온 아빠라고 실컷 자랑하라고!! 저녁에는 피셔맨스 와프에서 싱싱한 해산물과 함께 와인을 마시며 석양을 바라보는 즐거운 시간을 가졌다.

다음 날은 미국에서 가장 아름다운 해안 도로의 절경을 간직한 1번 도로를 달렸다. 오랜만에 다시 보는 몬테레이의 바다, 소나무, 해변의 모래들과 군데군데 보이는 바닷새와 바다사자들 그리고 해변에 서 있던 등대가 멋스러웠다.

해안의 절경과 신이 만들었다는 Pebble Beach의 골프장에서 해외 각지에서 온 동료들과 라운딩을 즐기며 타바스코를 살짝 묻힌 석화와 오징어튀김 그리고 보스턴 맥주인 흑갈색의 샘&아담을 마시며 흥겨워했던 일 등 과거의 회상에 듬뿍 빠지며 하늘과 바다를 구분할 수 없는 듯한 그림 같은 파란 색깔의 정취에 취해 미국에서 가장 아름다운 17마일의 해안 도로를 돌고 돌았다.

몬테레이 옆에 있는 소도시 카멜의 거리에서는 마치 화가의 마을처럼 작은 상점과 많은 갤러리를 포함한 아기자기한 카페를 볼 수 있었고 몇몇 갤러리에서는 그림을 둘러보는 소박한 기쁨도 맛보았다. 그래, 이 아름다운 마을과 해안을 보며 존 스타인벡은 『에덴의 동쪽』과 『분노의 포도』 등을 탄생시키지 않았을까?

또 하나의 아름다운 마을인 금문교가 보이는 소살리토에서는 군데군데 있는 요트 선착장과 작은 상점 그리고 오래된 레스토랑이 눈에 띄었고, 한적한 시골의 작은 마을에서 마음껏 한가로운 시간을 가져 보았다. 석양과 자연과 나만이 느끼는 여유로움에 혼자 감탄하며 말이다.

저녁에는 소살리토의 한 호텔 바에서 아시아인을 반겨 주는 인도인 바텐더가 듬뿍 따라 주는 보드카 칵테일에 취해 몇 잔을 들이켜고는 007 영화의 한 장면을 흉내 내었다. "젓지 말고 흔들어서."

샌프란시스코의 케이블카와 긴 언덕들과 바다를 그리며 토니 베넷의 「I Left My Heart in San Francisco」를 나직이 불러 본다. 가사는 거의 잊어버렸지만 추억만은 가슴에 담으며….

—
인간은 파괴될지언정 패배하지 않는다

핸드폰에 담긴 사진들을 정리하던 중 2년 전 시드니에서 함께한 작은 공연과 뜻을 같이했던 친구들의 모습이 보였다. 그리고 몸이 불편한 합창단 지휘자와 그의 일행을 생각했다. 그분들을 보면 헤밍웨이의 『노인과 바다』에 나오는 "인간은 파괴될지언정 패배하지 않는다."라는 명구가 생각나면서 흔들릴 때, 내 마음의 구심점을 찾고는 했었다.

그분들과 함께 걸었던 시드니의 언덕과 내리막길, 오페라 하우스와 여명의 감동을 선사한 시드니 공원 그리고 비가 스케치처럼 내렸던 마지막 날이 생각난다. 그분들과의 연결 고리 역할로 이어짐의 울림을 시드니에 전파했다고 자평했다.

시드니 오페라 하우스에서는 「나비부인」을 관람했는데 성악가들의 폭발적이고 풍부한 성량 그리고 그들의 진지한 표정과 연기 하나하나에 몰입되어 너무 행복했으며 게이샤의 순수하고 희생적인 사랑과 나비부인의 자결 장면에서는 한숨을 내쉬었다.

신사의 품을 내기 위해 나비넥타이까지 맨 우리 일행은 관람 후 마신 샴페인 한 잔에 「카르멘」의 호세도 되고 「토스카」의 카바라 도시가 되어 지적 유희와 감성의 바다로 풍덩 빠져 버린 날이었다.

힘든 여정을 함께했던 동료들과 체류 중 여행자들을 위해 헌신적인 도움을 준 ○○은행 시드니 지점장 후배와 교민들께도 감사를 드린다.

· 멀리서 본 오페라 하우스의 야경

몸이 불편해도 웃음과 유머로 감동을 선사한 지휘자와 합창단원들이 계속 강건함을 잃지 말길 바라며 「나비부인」 중 「어느 개인 날」을 들어 본다.

그나저나 하늘길은 언제 다시 열려 롱블랙 커피를 즐길 수 있으려나!

추신: 이번 여행에서는 나에게 늘 유머와 위트로 웃음을 선사하며 친절을 베푸는 동기와 한 침대를 쓰며 같은 이불을 덮었는데 마음속의 금

을 그어 놓고 절대 선을 넘지 않는 우리 모습이 『모비딕』에 나오는 고래를 잡으러 떠나는 선량한 주인공과 작살잡이가 한 침대에서 담요 한 장을 나누어 덮고 자는 모습과 흡사하게 느껴져 글을 옮겨 본다.

왜 그런지는 모르겠지만, 친구끼리 속내를 털어놓기에 침대만큼 좋은 곳은 없다. 남편과 아내는 침대에서 서로에게 제 영혼의 밑바닥까지 드러내 보이고, 나이 든 부부는 종종 침대에 누워서 과거 이야기로 밤을 새운다고 한다. 나와 퀴케그-서로 사랑하는 편안한 한 쌍도 그렇게 침대에 누워서 마음의 밀월을 보냈다.

인도 　　　　　　　　　　　　　　　　　　　　　—

—
타지마할, 왕비의 러브 스토리

　고객 미팅을 하고 돌아오는 길, 시장의 순박하게 생긴 상인들과 길거리 행인들 그리고 힌두교 사원으로 향하는 긴 행렬의 사람들…. 오직 신에게 기도하기 위해 몇 날 며칠을 걸어오는 그들의 행색은 남루하고 찢어지게 가난해 보였다. 하지만 표정에서는 행복이 보였다.

　인도의 길거리 시장과 사원은 특별했다. 순간을 담고 싶었다. 길거리 시장이나 사원을 사진으로 남기려고 했는데 간혹 맨발로 다니는 사람들이 보여 양복 입은 내 모습이 창피해졌다. 그렇게 도망치듯 뛰어 차로 돌아왔다.

· 시장 거리에서

살면서 꼭 한 번쯤은 가 봐야 한다는 타지마할에 가 봤다. 인도의 수도 델리에 도착했다. 델리에서도 아그라(Agra)라는 항구까지 차로 3시간 30분을 이동해야 했다. 가이드 역할을 하는 운전사와 이런저런 잡담을 하며 3시간이 지나 도착한 타지마할, 이곳은 힌두교가 주 종교인 인도에서 이슬람 건물로 지어진 가장 유명하다는 궁전 형식의 묘이다. 타지마할은 무굴 제국 다섯 번째 황제의 셋째 부인인 페르시아에서 온 뭄타즈 왕비가 열네 번째 아이를 낳다 죽자 왕비를 위해 지은 묘이다. 1631년부터 1653년까지 2만 명을 동원해 22년 동안 지었다고 한다. 원래 이름은 뭄타즈마할이었으나 세월이 지나며 타지마할로 바뀌었다고 한다. 운전사에게 공사 후 타지마할보다 더 아름다운 곳을 만들지 못하게 하려고 공사에 참여한 사람들의 손목을 모두 잘랐다는 이야기를 했더니 그것은 아니라고 했다.

· 타지마할 묘

타지마할 내부 온도는 늘 22~24도로 유지되고 하루에 궁전의 색깔이 5번 바뀐다고 한다. 내부와 외부의 대리석은 모두 손으로 가공, 조각되었다니 경이롭기만 하다. 궁전 안에는 16개의 정원과 53개의 분수가 있고 뒤에는 야무나강이 흐른다.

유네스코 세계 문화유산에 등재된 이 궁전을 많은 관광객이 찾는 이유를 물었더니 사기꾼처럼 생긴 운전사가 왕의 왕비의 러브 스토리 때문이라고 한다. 19살에 시집을 와서 14명의 아이를 낳고 39살에 죽은 왕비와 왕의 러브 스토리라니….

한국은 어제는 엄청나게 더웠고 오늘은 가을 느낌이 묻어 있는 선선한 아침이라는데 릴케의 시처럼 이 햇살에 마지막 과실들이 익겠지.

시장도 들렀으니 영국의 케텔비가 작곡한 「페르시아의 시장에서」를 들어 본다. 가만히 들어 보면 마술사와 뱀이 움직이는 장면 그리고 공주가 행차하는 장면 등이 떠오를지도 모른다.

—
너 자신과 타협하지 말라

매년 두 번은 어쩔 수 없이 가야 하는 인도다. 나는 다시 뉴델리행 비행기에 몸을 실었다. "뇌물은 시바신보다 힘이 세다."라는 그들의 농담 속 진담을 떠올리며 지갑 안 깊숙이 100불짜리 몇 장을 구겨 넣었다.

류시화 시인의 인도 여행기 『하늘 호수로 떠난 여행』을 읽고 매번 다짐하지만 삶과 죽음이 공존한다는 갠지스강이 있는 바라나시에 가는 것을 이번에도 역시 포기했다. 남들은 많이 간다는 바라나시를 나는 왜 이리 외면하는 것일까.

인도에서 숨을 쉬면 하루에 담배 45개비를 피우는 것과 같다는데 그 두려움에서인가. 커다란 터번을 쓴 시크교도들에게 느끼는 약간의 공포감 또는 인도의 더위 속 그 특유의 강렬한 향신료 냄새와 카레 향 때문인가. 아니면 맨발로 훝바지만 입고 웃통을 벗어 던진 채 거리를 활보하거나 아무 데서나 볼일을 보는 온갖 종류의 인도인 때문인가(멀건 대낮에 길거리에서 엉덩이를 내보이는 건 요즘 많이 줄어든 듯하다). 아니면 갠지스강의 화장터와 오염되고 불결한 갠지스강이 싫어서인가.

스티브 잡스는 대학을 중퇴하고 19살에 떠난 7개월의 인도 순례 여행을 통해 "직관에는 대단히 강력한 힘이 있다."라는 직관의 힘을 깨달아 일을 하는 데 영향력을 미치며 그것이 삶을 바꾼 변곡점이 되었다는데…. 난 그저 비욘세를 초대해 축가를 부르게 하고 결혼식 파티에 천백억 원을 썼다는 인도 부호의 파티가 대체 어떤 파티였는지 궁금해하니 한심하기 그지없다. 바라나시에 가는 대신 짧은 일정이지만 이번에는 퍼질러 놓고 사는 나를 경계할 시간을 갖고 머리카락처럼 점점 엷어지는 격식을 조금 갖추고 돌아왔을 때는 성숙해진 나 자신을 발견하기를 기대해 본다. 류시화 시인이 히말라야에서 잠깐 수련할 당시 엉터리 같다던 스승이 남겼다는 신성한 말을 옮겨 본다.

첫째 만트라는 이것이다. 너 자신에게 정직하라. 세상 모든 사람과 타협할지라도 너 자신과 타협하지는 말라. 그러면 누구도 그대를 지배하지 못할 것이다.

둘째 만트라는 이것이다. 기쁜 일이나 슬픈 일이 찾아오면 그것들도 머지않아 사라질 것임을 명심하라. 어떤 것도 영원하지 않음을 기억하라 그러면 어떤 일이 일어난다 해도 넌 마음의 평화를 잃지 않을 것이다.

셋째 만트라는 이것이다. 누가 너에게 도움을 청하러 오거든 신이 도와줄 것이라고 말하지 마라. 마치 신이 존재하지 않는 것처럼 네가 나서서 도와라.

프레디 머큐리 흉내 내기, 고통 속에 핀 가창의 미학

그저께 밤, 주섬주섬 짐을 푸는데 '퀸' 흉내를 낸다고 산 민소매 러닝이 보였다. 입을 때도 없는데 어쭙잖게 프레디 머큐리 흉내라니. 며칠 만에 보는 한국 방송에서는 때마침 쫄쫄이 바지와 발레리나 옷을 입은 프레디의 모습이 나왔다. 자막에는 퀸을 '냉장고에서 차갑게 식어 버린 인도 음식'이라고 혹평한 영국 평론가의 말이 소개되었다. 젠장, 왜 하필 인도 음식을 들먹거린담. 식어도 맛은 괜찮던데. 비수의 날을 세운 저런 혹평은 게으른 아티스트의 창작에 관여한 질책이다. 그러기에 그 창작을 향한 고통을 잊고 영감을 얻으려고 고흐는 '녹색 요정'이라 불리는 압생트의 환각에 빠져 알코올 중독자가 되기도 하였으며 브람스는 창작열이

꺾일까 늘 걱정하며 비엔나와 스위스를 떠돌아다녔다.

    바로크 시대의 헨델과 바흐도 창작이라는 어려운 일에 몰두하였고 그로 인해 받는 스트레스를 먹고 마시는 것으로 풀었다고 한다. 그들의 공통점은 와인을 즐긴 대식가이자(바흐는 하루에 보통 사람의 3배를 먹었고 헨델은 바흐보다 더 먹었다고 한다) 미식가였고 애주가이며 골초였다. 여기서 문국진 법의학자가 쓴 『바흐의 두개골을 열다』를 일부 발췌해 두 사람을 비교해 본다.

    바흐는 독일에서만 활동한 국수주의자였다. 헨델은 독일 출생이지만 이탈리아 및 프랑스를 거쳐 영국으로 귀화한 국제주의자였다. 바흐는 논리주의자였고 도용이나 표절은 안 했다. 헨델은 장대하고 대중이 이해하기 쉬운 곡을 썼고 음악가의 좋은 대목을 도용한 표절 습성은 유명했다고 한다. 바흐는 결혼을 두 번 해 자녀를 20명 낳은 정력가였고 사생활이 소상히 알려졌다. 헨델은 평생을 독신으로 살았고 공과 사를 엄격히 구분했으며 여성과의 관계를 주위 사람에게 알리지 않았고 오래가지도 않았으며 사랑하는 여인이라도 자신에 대한 조언 외의 이야기는 전적으로 무시했다.

    자기 한계를 뛰어넘으려는 투쟁과 고통에서 나오는 프레디의 가창의 미학을 떠올리며 「보헤미안 랩소디」의 수수께끼 같은 가사를 외쳐 보았다. "갈릴레오 갈릴레오 갈릴레오 갈릴레오 갈릴레오 피 그로 마그니피코…"

떼창을 하고 싶어 산 민소매 러닝, 언제나 입어 볼 것인가?

헨델의 「사라방드(Saraband, 상당히 느린 스페인풍의 장엄한 3박자의
춤)」를 들어 본다.

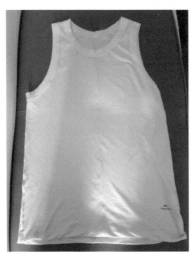

· 프레디 머큐리 흉내를 내려고 산
  민소매 러닝

중국   —

—
뤼신의 술 소흥주

공항에서 타이베이 시내로 들어오는 길, 광고판에는 오래전 사라진 회사의 광고가 버젓이 걸려 있었다. 그대로 방치하는 것인지 아니면 과거의 영화로운 시절을 그리워하며 빛바랜 추억을 되씹고 있는지…. 스마트폰이 나오기 전까지 대만이 IT 쪽에서는 우리나라보다 강자였는데 지금은 잽도 안 되는 듯하다. 우리나라의 예전 청계천 골목을 연상하게 하듯 다닥다닥 붙어 있는 조그만 공구 가게, 커피숍과 각종 상점 그리고 길게 늘어선 식당들까지. 십여 년 전만 해도 우리나라가 저랬는데 마치 남 이야기를 하는 것 같으니 여우 같은 나의 간사함이란….

근 20년을 같이 일한 파트너, 아니 친구들이 오늘도 대만 식당에 데리고 갔다. 그들은 한국에서 왔다며 나를 자랑스레 주인에게 소개하며 색다르고 복합적인 음식들을 시켜 주는데 부드럽고 옹골차며 고소하고 졸깃한 육질과 은은한 단맛은 혀와 감촉으로 느끼는 음식들의 향연이었다. 성심성의껏 대접하는 그들의 마음에 감탄하며 우리는 우정과 비즈니스라는 그럴싸한 핑계를 대고 역적모의하듯 작당했다. 무슨 술을 들겠냐고 해 얼결에 엊그제 읽은 루쉰의 소설에 나온 대목을 흉내 내 '소흥주'를 시키고 잘난 척 데워 달라고 했다. 「비단이 장사 왕서방」에 나오는 왕 서방처럼 생긴 친구들이 잘해 보자며 연거푸 건네는 술잔에 기분 좋게 알딸딸해져 잠시 바람을 쐬러 나오니 별은 보이지 않았고 이국에서의 가을은 그렇게 가고 있었다.

· 식탁에 오른 소흥주

—
오늘 참 많이 힘들었지요?

폭염으로 푹푹 찌는 날이 계속됐다. 지난주 중국 출장 마지막 날, 여유를 부리며 늦은 아침을 먹고 늘 하던 대로 클래식 방송을 틀었다. 해외에서도 이 시간이 되면 일체의 다른 행동을 불허하는 내가 유별난 듯하다. 클래식 방송에서는 「파가니니 주제에 의한 광시곡 18번」이 흘러나왔고 오스트리아 발달 심리학자의 책 『지혜를 읽는 시간』에서 발췌한 내용을 진행자가 읽고 있었다.

　슈퍼마켓 계산대에서 신입 계산대 점원과 실랑이를 하는 몇몇 사람이 있었고 그중 한 신사가 그 힘들어하는 점원에게 다정하게 웃으며 "오늘 참 많이 힘들었죠?"라고 하니 점원이 눈물을 왈칵 쏟았다고 한다. 행복한 연민은 존중에서 생기고 모든 사람이 아닌 대하기 어려운 사람에게 존중의 허용은 강제가 아닌 자발적 사랑의 선택이라고 한다. 백화점에서 발을 밟히거나 내 카트를 남이 밀어젖히고 날 힘들게 해도 웃는 법을 배워야 한다고 한다. 남들 보란 듯이 그렇게 하는 것이 아니라 진정한 내면에서 우러나오는 행동이어야 한다고….

　내가 누군가에게 친절한가 생각하니 나도 사람에 대한 연민이 있다. 늦은 밤, 대리 기사에게 고단한 삶에 대한 벅찬 안쓰러움을 갖고 "오늘 참 많이 힘들었지요?"라고 말을 건네고 싶었는지도 모르겠다.

　# 라흐마니노프의 「피아노 협주곡」 제2번 1악장을 들어 본다. 대중으로부터 가장 많은 사랑을 받는 피아노 협주곡 중 하나인데 이 곡을 들으면 위안과 희망이 느껴진다.

　추신: 라흐마니노프는 육 척 거구에 소도둑 같은 손을 가지고 있어 폭발적인 연주를 즐겼는데 내성적인 성격 때문인지 신경 쇠약증을 지녔다.

· 육조시대 유물

· 양쯔강

난징은 중국 국민당 장개석 정부 시절 38년간 중국의 수도였는데 모택동의 공산당 승리 후 북경으로 수도가 이전되었다. 난징은 육조 시대 (서양의 로마 시대)에도 중국의 수도였는데 중국 3대 박물관 중 하나인 난징 박물관의 유물과 중국에서 제일 긴 양쯔강의 모습을 담아 보았다.

—
펄 벅의 『대지』

비행기가 랜딩하니 모 항공사의 보딩 뮤직이 된 냇킹콜의 감미로운 「Unforgettable」이 흘러나온다. 승객들이 서두르며 승강장을 빠져나가는 모습을 물끄러미 보면서 프라하의 활주로에 도착하면 어김없이 흘러나오는 스메타나의 「블타바」가 떠올랐다. 작은 시냇물이 불어나 커다란 강줄기를 이루는 것처럼 반복되는 선율과 변화무쌍한 악기들의 조화와 서정의 극치를 이루는 아름다움이 나를 클래식에 입문하게 하고 매료되게 만든 장본인이다.

5년 만에 다시 밟은 역사의 도시 뤄양에 도착하니 찬 바람이 공기를 갈랐다. 스모그가 뿌옇게 쌓였는데 일상생활이 된 듯 마스크를 쓴 사람은 없었다. 가는 길은 험난하지 않지만 막상 도착하니 손이 시리고 을씨년스러웠다. 대륙을 꽤 오래 다녔건만 11월인데 이런 황량한 기분은 처음이었다. 마침 점심시간이라 자세히 보니 공장 사람들은 한가롭게 하나둘 정문을 빠져나와 집으로 향하고 있었다. 신호등도 없고 차선도 없었다. 사람들의 움직임은 느릿느릿 둔하며 자전거와 인력거가 몇 대 보이는 듯했다. 집에 도착하면 따끈한 국수가 그들을 기다릴까? 이곳에서 태어나 직장을 다니고 이곳에서 생을 마감하고 그들의 자식도 이곳에서 생을 시작하고 삶의 터전을 꾸린다.

주변에 보이는 중국 특유의 붉은색 건물과 이들의 삶과 운명을 생각하니 펄 벅의 『대지』 주인공 왕룽이 떠올랐다. 왕룽이 첫아들을 낳고 계란 몇 판을 빨갛게 물들여 동네 사람들에게 아들의 탄생을 알려 준 내용을 떠올리며 내년이면 장가를 가는 아들 녀석이 태어났을 때 왕릉보다 더 기뻐한 기억이 났다. 공중전화로 아버지께 전화를 걸어 홍수환의 "엄마, 나 챔피언 먹었어!"보다 더 큰 목소리로 자랑스럽게 소식을 알렸던 기억이 생생하다.

　오래된 공장 근처의 50년 이상 된 식당에서 그들이 자랑스럽게 내놓는 53도의 독주로 허기진 배를 채우며 생전 처음 대하는 독특한 식감의 음식들도 맛보았다. 해외 비즈니스를 꽤 오래 해 왔지만 오랜만에 접하는 중국 외지의 빈곤함과 소박함에 푹 빠져 왕 서방, 주 서방, 황 서방 등이 따라 주는 독주를 쉴 새 없이 들이켜 말 그대로 꽐라가 되었다. 돌아오는 길에 시내의 마천루처럼 즐비한 빌딩은 비약하는 개발 도상국의 모습만 보이고 농촌 촌부의 선량한 모습은 찾아볼 수 없었다. 바쁜 발걸

음과 무표정한 얼굴들에서 만만디의 습성이 사라진 씁쓸함과 황량함 때
문인지 아니면 술이 깨서인지 갑자기 한기가 느껴졌다. 아, 바야흐로 겨
울이다.

베트남

—
우정을 찾아

이슬이 내린다는 백로가 지나서인지 오늘 아침 공기는 꽤 차가웠다. 오늘따라 끊임없이 계절이 오고 또 가는 것에 대한 세월의 무상함과 생명의 순환이 참으로 미묘하게 느껴진다.

베트남에 가는 길, 인천 공항에 연무가 뿌옇게 끼었다. 짧은 여정이라 짐이 가벼워 몸은 새털처럼 가뿐하지만 마음이 편치 않고 발걸음은 무거웠다. 무척 아끼는 후배를 만나게 되어 반가운 마음이 앞서지만 사업 경쟁이 치열해 적자를 기록한다고 하니 참으로 착잡하다. 굴지의 글로벌 회사에서 근무하는 이 친구에게 독일 자본이 투입된 베트남 공장 대표를 맡게 했는데 잘나가는 듯하더니 요즘 모양새가 영 말이 아닌 듯하다. 전화로 들리는 그의 목소리는 늘 그렇듯 밝고 긍정적이지만 기운 없는 느낌이 들어서 내 속이 다 탄다. 더군다나 결혼한 지 20년이 다 되는데도 아이가 없어 안타까운 마음이 들지만 무자식이 상팔자라며 살아가는 친구다. 면세점에 들러 친구와 친구 아내가 좋아하는 명란젓과 낙지젓을 잔뜩 샀다. 함박웃음으로 맞아 줄 친구, 오늘 밤 수정방 원샷으로 잠시나마 후배의 시름을 덜어 주려 한다.

차이콥스키의 「현을 위한 세레나데」를 앙상블 디토의 연주로 들어

본다. 용재 오닐의 모습이 보일지도 모르겠다. 이 곡을 듣고 톨스토이가 눈물을 흘렸다는데 후배를 보면 고생하는 게 가여워 눈물을 흘릴까 두렵다.

—

차이콥스키의 「None But The Lonely Hearts」

호텔 바에 있던 수제 맥주 광고의 그럴듯한 속임수에 넘어가서인지 아니면 일을 다 마친 뒤의 안도감 때문인지 연거푸 마신 맥주 때문에 잠을 뒤척였다. 혼자만의 공간과 일탈의 기쁨을 만끽한 후 늘 엄습해 오는 이 고독감, 특히 출장이나 여행에서의 마지막 날이나 체크아웃 전 우두커니 책상에 앉아 있노라면 늘 고독과 그리움이라는 친구들과 맞닥뜨린다. 하기야 고독하지 않으면 감상이나 사색이란 근사한 단어가 끼어들 틈이 없지만 말이다.

멜랑콜리해서 차이콥스키의 가곡 「다만 그리움을 아는 이만이(None but the lonely hearts)」를 들어 본다. 괴테의 시를 곡으로 만들었다는데…. 바이올린 협주곡으로 들으니 애간장이 타는 듯하다.

"그리움을 아는 이만이 괴로움을 알리. 나 홀로 모든 기쁨에서 떠나 하늘 저쪽만 바라보네. 아! 나를 아는 이 머나먼 곳에, 어지러워 불타오르듯 내 속에 그리움을 아는 이 나 홀로 모든 기쁨에서 떠나 하늘 저쪽만 바라보네."

그런데 누가 이런 'Lonely Hearts'라는 영어를 만들어 냈는지…. 난 '애인 구함'이라 번역하며 그 번역 한번 참으로 근사하다고 나 자신을 칭찬했다. 독자 중 몇몇 분이 즐겨 쓰는 단어일지도 모르는 일이다.

· 사이공 수제 맥주의 유혹에 빠지다.

—
영화「연인」

2시간 늦게 시작된 호찌민의 하루는 참으로 여유로웠다. 온갖 오토바이와 차의 질주로 시끄러웠지만, 소음도 즐기라는 음악가의 말을 되새기며 도심 속 휴식 공간 호텔 수영장에 앉아 마치 바닷가에 온 것처럼 시원한 바람을 맞으며 망중한을 보낸 하루였다. 단지 값싼 인건비의 매력으로 넘치는 외국 자본 때문에 드문드문 보이는 아오자이는 조금 있으면 전설이 될 듯하여 쓸쓸하기만 하다.

    2시간이라는 애매한 시차를 극복한다는 핑계로 영화 「연인」을 보았
다. 마르그리트 뒤라스의 자전적 소설을 영화화한 것인데 50년 넘게 프
랑스의 식민지였던 베트남을 배경으로 가난한 프랑스 소녀와 중국인 갑
부의 이루지 못한 로맨스를 그린 영화이지만 실은 슬픈 가족의 이야기
다. 이 영화의 마지막 장면인 떠나가는 페리와 짧고 굵직한 뱃고동 소리
그리고 소녀의 무너지는 오열에 애잔함을 느끼며 호찌민의 밤은 그렇게
지나갔다. 영화의 페리처럼…. 아, 그때 난데없이 왜 최백호의 「낭만에
대하여」가 떠올랐는지 나도 모르겠다.

    밤늦은 항구에서, 그야말로 연락선 선창가에서, 돌아올 사람은 없을지
    라도 슬픈 뱃고동 소리를 들어 보렴.

    그래, 뱃고동 소리는 늘 슬픈 건가 보다. 영화에서도 유행가에서도 그
리고 현실에서도….

    # 이 영화의 OST인 쇼팽의 「왈츠」 10번을 들어 본다.

사유의
시간들

책과 음악

『활자 안에서 유영하기』, 김겨울

'유영'이라는 단어가 저 너머 우주의 세계를 걸을 때 쓰는 표현이라 그 런지 책 제목이 참 그럴싸하다. 중국인들은 '수영'을 물속에서 유유자적 한다는 뜻으로 '游泳(유영)'이라고 하는데 그들의 표기 수법 하나는 불법 복제 왕국답게 천하제일이다. 타이거 우즈를 '虎林'이라고 부르고…. 이 책은 네 명의 작가가 쓴 네 편의 소설에 내포된 '운명', '고독', '시간', '상 상'이라는 키워드를 가지고 진지하게 적은 감상문 같은 책이다.

그중 『운명』이라는 책은 노벨 문학상 수상자인 임레 케르테스가 13년 에 걸쳐 완성한 자전적 소설로 수용소로 끌려간 유대인 케르테스가 16살 이라고 나이를 속이고 죽음을 면하면서 아우슈비츠에서 독일 수용소를 거쳐 부다페스트의 고향으로 돌아오는 내용이다(이 책 안에서는 다양한 책 을 소개하는데 '고독'을 이야기한 메리 셸리의 『프랑켄슈타인』과 가브리엘 가르시 아 마르케스의 『백년의 고독』은 읽었다). '운명'을 이야기하면 많은 사람이 베 토벤을 떠올릴 텐데 저자 역시 다르지 않았다.

책 내용 중 일부를 옮겨 본다.

운명을 대하는 베토벤의 태도는 죄르지(주인공)의 그것과는 판이하다.

"운명과 싸우는 수밖에 없다고 생각하면서도 나 자신이 피조물 중 가장 불쌍한 존재로 여겨지고는 하네. 운명이라는 놈의 목줄기를 졸라 버리 겠네! 운명은 결코 나를 꺾지 못해."

베토벤에게 「운명」은 자기 삶을 죄어 오는 감옥 같은 느낌이었을까? 귀가 먼 그는 운명의 목을 조르겠다고 썼다. 도피하거나 비난하지 않고 맞서 싸우겠다고 다짐했다. 베토벤은 이미 작곡가와 연주가로 이름을 날리던 1796년 급속도로 청력을 잃기 시작했다. 나중에 밝혀진 원인은 납중독이었으나 그 당시에는 원인을 밝혀낼 수도 치료할 수도 없었다. 베토벤은 점점 나빠지는 청력을 회복하기 위해 1802년 하일리겐슈타트로 요양을 와서 유서를 썼다.

· 하인리겐슈타트에서, 베토벤이 살았던 집

베토벤은 1802년 귓병 때문에 비엔나 근처의 하일리겐슈타트에서 요양했다. 당시 자신감을 잃고 절망한 나머지 동생에게 보내는 '하일리겐슈타트의 유서'를 썼다는 사실은 유명하다. 그는 1808년 여름에 다시 이곳을 방문해 자연에서 받은 감명을 작품에 담았다. 그것이 바로 교향곡 6번 「전원」이다. 마음의 고뇌와 격렬한 감정, 몸의 병 때문에 고생하던 베토벤에게 자연은 평안함과 풍족함을 가져다주는 천국이었을 것이다. 하일리겐슈타트에서 베토벤의 일과는 지저귀는 새소리에 아침잠을 깨고 오후 2시까지 일한 후 저녁때까지 산책하는 것이었다. 가끔은 모두가 잠든 후에도 산책을 했다는 베토벤은 이런 말을 했다고 한다.

"신이시여, 숲속에서 나는 행복합니다. 여기서 나무들은 모두 당신의 말을 합니다. 이곳은 얼마나 장엄합니까?"

· 베토벤 하우스 레스토랑

—
『무서록』, 한국의 모파상 이태준

　혼자만의 심리적 거리를 만들고 싶은 봄이다. 월북 작가인 이태준과 최정희, 이 남녀 시객들이 주고받았던 편지에서는 둘만의 우정이 담겨 있는 말투, 진심이 느껴지는 배려와 서로에 대한 격려 그리고 부드러운 비판이 넘치는 구어체에서 맛볼 수 없는 특유의 느낌이 있다. 특히 '옷자락을 제가 밟고 일어서는 흥분을 하고 쓴 것'이라는 표현에는 경외심마저 들었다.

　창작의 스트레스에 시달려 있을 서로의 근심을 이러한 편지로 덜어 주었던 그들의 관계는 「시네마 천국」에 나오는 토토와 영사기사 알프레도의 우정과 의리보다 더 진할지도 모른다. 해방 70년 전, 그 시대에 '남녀 간의 우정'이 가능했을까? 스스로 던진 질문에 대한 답은 이태준의 촌철살인이 담긴 「이성 간의 우정」에 담겨 있을 듯하여 옮겨 보았는데 어느 대목에서는 파안대소를 했다.

　이태준의 편지

　뵈옵지 못한 지 여러 날 됩니다. 그새 봄은 꽃이 많이 피었습니다. 최 선생께서도 꽃 피는 여러 날이었기를 바랍니다. (중략) 「인맥」은 어제 읽었습니다. 「인맥」을 쓰신 흥분은 혹 아직도 식지 않으셨을는지 모릅니다. 「인맥」은 남에게 아니라 작자에게 적지 않게 짓밟힌 작품입니다. 제 옷자락을 짓밟는 흥분, 이것은 가혹하게도 기술 문제로 이미

평가들의 포평(死)을 함께 받으신 줄 압니다.

최정희의 편지

이태준 선생님께

이 선생님, 지금 선생님이 삼천리사 편집부로 보내신 ─ 다시 말씀하오면 이 선생님이 제게 주시는 혜함(函)을 읽었습니다. (중략) 저는 「인맥」에 '나'라는 주인공 ─ 선영에게 동정했다는 걸 도무지 몰랐습니다. 선생님이 그렇다고 일러 주시고 본즉 정말 제 옷자락을 제가 밟고 일어서는 흥분을 가지고 쓴 것 같습니다. 이 뒤로는 극히 주의하겠습니다. 이런 친절하신 이 선생님의 말씀은 제게 좋은 글을 쓰게 할 것 같습니다.

같은 아는 정도라면 남자를 만나는 것보다 여자를 만나는 것이 우리 남성은 늘 더 신선하다. 왜 그런지 설명을 길게 할 필요는 없지만 얼른 생각나는 것은 동성끼리는 서로 너무나 같기 때문인 듯하다. 다른 데가 너무 없다. 입는 것도 같고, 말소리도 같고, 걸음걸이도 같고, 붙이는 수작도 거의 한 인쇄물이요, 나중에 그의 감정이 은근히 이성을 그리는 것까지 같아 버린다. 동일물의 복수, 그것은 늘 단조하다. 남자에게 있어 여자처럼 최대 그리고 최적의 상이물(相異物)은 없다.

다른 것끼리가 늘 즐겁다. 돌멩이라도 다른 것끼리는 어느 모서리로든지 마찰이 된다. 마찰에서 열이 생기고 불이 일고 타고 하는 것은 물리학으로만 진리가 아니다. 이성끼리는 쉽사리 열이 생길 수 있다. 쉽사리 탄다. 동성끼리는 돌이던 것이 이성끼리는 곧잘 석탄이 될 수 있다.

그는 내 누이야요, 그는 내 오빠로 정한 이야요 하고 곧잘 우정인 것을 공인을 얻으려고 노력까지 하다가도 어느 틈에 실화(失火)를 해서 우애 는 그만 화재를 당하고 보험 들었다 타오듯 하는 것은 부부이기가 일수 임을 나는 허다하게 구경한다.

이런 비 오는 날, 잘 어울릴 슬픔과 쓸쓸함이 있는 쇼팽의 「왈츠」 10 번을 들어 본다.

쇼팽이 19살에 실연한 후 작곡한 곡으로 쇼팽은 이 곡을 발표하지 말 라고 유언을 남겼지만 누이동생이 발표했다.

—
『저지대』, 과거는 흘러가는 것이 아니라 저지대에 고여 있다

하늘에 구멍이 뚫린 듯 장맛비가 내린다. 유례없이 지루한 장마와 끈 적한 습기 탓에 햇살이 매우 그리운 날이다. 그치지 않는 장마철은 없는 법이니 하루빨리 장마 전선이 북상하길 바라며 저지대에 사는 분들은 홍수에 피해가 없기를 바란다.

인도 벵갈 출신으로 영국의 이민자 가정에서 자란 미국인 2세 줌파 라 히리가 쓴 책『저지대』를 소환해 본다. 한때 사극 「태조 왕건」에서 유명 했던 '옴마니밧메훔'이라는 말도 인도에서 유래되었다.

오백 페이지도 넘는 두께라 거부감이 들었지만 거침없이 진도를 나갔다. 이 소설은 1970년대 인도의 좌익 운동과 미국으로 이민 간 가족의 이야기를 다룬 소설이다. 성격이 전혀 다른 두 형제, 공산당을 위해 운동하던 동생 우다얀과 모범생으로 미국으로 유학을 간 형인 수바시의 이야기가 미국과 인도를 배경으로 전개된다. 동생 우다얀은 사회 운동 중, 가우리라는 여성을 만나 결혼을 하여 아이를 갖는다. 테러에 가담하게 된 우다얀이 경찰에 총살을 당한 후 아내는 죽은 남편과의 정신적인 관계를 유지하기 위해 아주버니인 수바시와 결혼하게 된다. 수바시는 우다얀의 딸을 키우며 큰아버지가 아닌 아버지의 삶을 살게 되며, 재혼한 동생의 아내는 딸과 수바시를 두고 자신의 커리어를 위해 가정을 떠나며 가족이 해체되는 내용의 소설이다. 저자 줌파 라히리는 이 책을 통해 생경한 인도의 역사와 문화 위에 복잡하게 얽힌 가족 이야기를 힘겹고 어두운 마음의 저지대라고 표현하며 담담하게 써 내려갔다.

　책의 뒤표지에는 "과거는 흘러가는 것이 아니라 저지대에 고여 있다. 어느 순간 마법의 반지처럼 우리의 현재 속에 고요히 맞물려 들어온다." 라고 쓰여 있다. 난 이 말에 너무도 강렬히 압도되어 장마철이 되면 『저지대』가 늘 떠오른다.

　한편 책 내용 중에 주인공인 수바시가 미국에서 유학 중 8살 연상의 여인과 짧은 감각적 사랑을 나누고 종지부를 찍고 돌아오는 길에 이런 표현이 나온다. "페리에 올라서는 각자 따로 앉았다."

나도 오래전 초등학교 시절의 여자 친구를 떠올렸다. 4학년 때부터 6학년 때까지 창피한 줄 모르고 늘 손을 잡고 다녔으며 졸업식 때는 다정히 사진도 같이 찍었다. 중학교 입학 후 어느 날 성당에서 영화 「쿼바디스 도미네」를 본다기에 동네 사람들이 모여 가마니를 깔고 영화를 보았다. 나는 아무렇지도 않은 듯 그 친구 옆에 바싹 다가가 앉았는데 그 아이는 처음 보는 단발머리를 하고 마치 나를 언제 보았냐는 듯이 새침을 떨며 자꾸 떨어져 앉으려고 했다. 그리고 우리는 아무 말도 하지 않았다. 그것이 나와 그 아이와의 별리(別離)였다. 그 후에 미국으로 유학을 갔다는 얘기도 들었는데 가끔 생각나는 별리의 소녀, 암만해도 단발머리의 새침한 그녀가 내게는 첫사랑인 듯하다.

추신: 내가 중학교 때 살던 집도 저지대였다. 홍수가 나면 물이 발목까지 찼던 그 유명한 망원동이다. 맞다, 과거는 분명히 저지대에 고여 있다. 나는 가끔 그 고여 있는 곳으로 간다.

—
『인간실격』, 돈 떨어지는 날이 인연 끊어지는 날

E-Book을 뒤적거리다 에곤 실레의 불안, 슬픔, 두려움에 가득 찬 일 그려진 「자화상」의 표지를 보았다. 그래서 '방황과 갈등을 이야기하는 내용'이라고 대충 지레짐작했다.

전쟁 후 세대인 다자이 오사무의 『인간실격』이라는 책이었다. 삶의 기대로부터 자꾸 벗어나려는 자조와 허무함을 담은 자전적 소설인데 주인공 요조는 유년 시절부터 남들과 달리 공포에 시달려서 벗어나기 위해 일부러 자신을 속이며 가족을 비롯해 남들을 웃겼지만 내면에는 늘 평범히 살고 싶은 갈망이 있었다.

그리고 고등학교 때 어느 미술 학도로부터 술, 담배, 창녀 그리고 전당포와 좌익 사상을 배우며 이런 방탕과 퇴폐함이 인간에 대한 공포를 잠시나마 잊게 해 주는 괜찮은 수단이라고 스스로 위로한다. 또한 티끌만큼의 욕심도 없는 그들에게서 동료 의식과 친근감마저 느낀다고 했다.

돈 떨어지는 날이 인연 끊어지는 날….

지금 저에게는 행복도 불행도 없습니다. 모든 것은 지나간다는 것, 제가 지금까지 아비규환으로 살아온 소위 '인간'의 세계에서 단 한 가지 진리처럼 느껴진 것은 그것뿐입니다. 모든 것은 그저 지나갈 뿐입니다.

인간의 나약함을 표현하는 데는 최고의 소설가라는 다자이 오사무는 이 소설을 통해 제2차 세계 대전 때문에 죄 없이 전쟁터에 끌려간 젊은이들과 그 암울하고 비참한 현실을 대변했다고 전해진다.

문학에 대한 열정은 뜨거웠지만 퇴폐와 방탕으로 얼룩진 다자이 오사무의 일생은 다섯 번째 자살 시도 끝에 결국 39살에 여자와 함께 강물에 뛰어들어 마감되는데 그럼으로써 자신과 남은 사람들에게 용서를 구함과 동시에 희망의 메시지를 전한 듯하다.

자살한 일본인 노조원들을 위해 작곡되었다는 「인간의 노래」 가사가 떠올라 옮겨 본다. 내가 몸담았던 합창단이 작년 롯데 콘서트홀에서 공연한 곡이기도 한데 난 흐르는 눈물을 참을 수가 없어 단원들에게 폐만 끼쳤다.

깊은 상처 안고 사는 지친 어깨에 / 작은 눈길 건네는 친구가 있는가 / 희망의 날개 아래 어두운 슬픔 가두고 잊혀진 / 우리들의 기쁨을 노래하리 / 나는 부르리 희망의 노래를 / 함께 부르자 인간의 노래 / 살아서 살아서 끝내 살아서 살아서 살아서…

—
『호모 데우스』, 유발 하라리, 손가락 타령과 알고리즘

몇 년간 같이 활동한 동료가 톡방에서 순식간에 사라졌다. 알 수 없는 사람의 속내다. 이유를 물을 수는 없지만 과연 어떤 피치 못할 사정이나 급격한 감정선의 움직임으로 "탈퇴하겠습니까?"라는 자막에 손가락을 꾹 눌렀을까?

결정 후 "예."라고 하며 손가락을 누르는 스피드는 『호모 데우스』에서 나오는 한 사람이 1년에 걸쳐 만드는 데이터보다 더 많은 양의 데이터를 1초 만에 완료한다는 컴퓨터의 알고리즘보다 더 빠르고 단호하다. 아, SNS 생활 3년 차에 접어드는데 나도 몇 번 눈 감고 질끈 누른 적 있는 이놈의 손가락이여. 그래서인지 도자기를 만드는 물레를 돌리는 데 방해

가 된다고 손가락을 자른 '조르바'가 이해될 듯하다.

그러나 미래에는 이 손가락 타령도 필요 없을 것이다. 훗날 그때도 SNS가 존재한다면 인류를 잡아먹을 그 알고리즘이 내 감정의 변화를 미리 알고 즉각 튀어나와 이렇게 말할 것이다. "선율 님, 난 과거에 선율 님이 어찌해서 손가락을 눌렀는지 아주 잘 알고 있습니다. 그런 상황이 왔으니 제가 대신해 '탈퇴하겠습니다.'를 누를게요." 아, 이 몹쓸 놈의 알고리즘.

그러나 미래의 알고리즘이 어찌 되었든 간에 지금은 내 지인들의 기억 속에 나쁜 내가 없기를 바라며 좀 더 따뜻해져야겠다.

인연이란 마음의 밭에 씨를 뿌리는 것과 같아서 그 씨앗에서 새로운 움이 피고 잎이 펼쳐진다. 인연이란 이렇듯 미묘한 끄나풀이다.

'신이 된 인간'이라는 뜻의 『호모 데우스』 읽기를 끝내며 몇 자 적어보았다.

—
『소로의 일기』, 헨리 데이비드 소로와 기형도

며칠 전 신문의 「몰입과 느긋 사이」라는 칼럼에 나왔던 『소로의 일기』를 보고 「청년」 편을 다시 뒤적거렸다. 자연의 왕국 월든에서 느긋한 삶을 살았던 이 23세의 젊은 청년, 나는 23세 때 초급 장교의 패기를 갖고 조국 수호라는 사명감이 넘치던 시절이라 느긋한 삶의 여유는 상상도 못 할 일이었다. 그러나 젊음의 정열과 용기는 180년 전의 소로와는 비교도 안 되게 뜨거웠을 것이다.

소로는 어찌하여 저런 어린 나이에 삶을 달관하고 은둔 생활을 했을까? 그러고 보니 18살에 『프랑켄슈타인』을 쓴 영국의 메리 셸리나, 19살에 『슬픔이여 안녕』을 쓰고 25살에 『브람스를 좋아하세요…』를 썼던 프랑수아즈 사강도 그 시절에 남다른 모습을 보여 줬다.

한국에서는 누가 있을까? 그 흔한 막걸리와 라면을 얻어먹고 술값이 없어 대신 연시를 써 준 기형도가 그런 작가인 듯하다. 28세에 세상을 떠난, 이런 빌어먹을 세상이 있나…. 그 가엾은 젊은이를 먼저 데려가다니….

당신의 두 눈에 나지막한 등불이 켜지는
밤이면
그대여, 그것을
그리움이라 부르십시오.
당신이 기다리는 것은
무엇입니까, 바람입니까, 눈(雪)입니까
아, 어쩌면 당신은
저를 기다리고 계시는지요.

손을 내미십시오.

저는 언제나 당신 배경에

손을 뻗치면 닿을

가까운 거리에 살고 있습니다.

기형도 시인의 「연시(戀詩)」

추신: 소로의 가업(家業)이 연필 제작이었다는 사실은 잘 알려지지 않았다. 여행을 떠나면서 '부드러운 빵 13㎏', '빨랫비누 2장' 따위의 준비물 목록을 꼼꼼하게 작성했던 소로는 연필은 거기에 넣지 않았다고 한다.

그것이 너무나 가까이 있었고 너무나 익숙했으며 너무나 필수적이었기 때문일 것이다.

데이비드 리스의 『연필깎이의 정석』 중에서

—
『축소지향의 일본인』과 『기사단장 죽이기』

얼마 전, 무라카미 하루키가 코로나 시대에 일본의 폐쇄성과 자국 중심주의가 강해져 외국인과 소수자에 대한 배타적 모습이 우려된다고 했다는 내용과 코로나 발병 시 음악으로 사람들을 위안했다는 기사를 보고 무라카미 하루키가 올바른 가치관과 양식을 가진 지성인이라 생각하며 글을 쓴다.

일본을 다소 비판적으로 해부하였지만 뛰어난 유머와 글솜씨로 이어령 특유의 통찰력을 선보인 『축소지향의 일본인』에 보면 분재에 대한 표현이 이렇게 나와 있다. "분재는 누가 뭐라 해도 자연을 전족처럼 만든 학대이다. 아무리 아름다워도 그것은 전족으로 만든 난쟁이 노예에게 아름다운 춤을 추게 하는 것과 같다."

난 이 '난쟁이'라는 대목에서 무릎을 쳤다. 무라카미 하루키의 『기사단장 죽이기』에 나오는 주인공에게 '제군'이라 호칭하던 키 60cm의 기사단장이 떠올랐기 때문이다. '축소'와 '기사단장'의 기막힌 어울림이다. 이쯤 되면 무라카미 하루키는 이어령 교수님을 스승으로 떠받들어야 한다.

무라카미 하루키는 『상실의 시대』와 『1Q84』에서는 비틀스와 클래식의 야나체크를 넘나들더니 『기사단장 죽이기』에서도 여지없이 우물 같은 어두운 지하 세계가 나타나고 재규어, 푸조, 빨간 미니 자동차, 하얀 라벨의 위스키, 슈베르트의 「현악 4중주」, 모차르트의 「피아노와 바이올린을 위한 소나타」를 등장시키며 섬세하게 스토리를 연결한다. 난 메타포와 이데아를 이해하지 못한 채 스토리에 집중했던 기억이 나지만 가끔 '출입 금지'나 '비상계단' 표시를 지나칠 때면 나 자신이 『1Q84』와 같은 다른 세계로 빠져들지 않았나 하는 착각에 빠지고는 한다.

그러다가 퍼뜩 떠올렸다. 오페라 「돈 조반니」 첫머리에 분명히 기사단장 죽이기 장면이 있었다. 나는 거실의 레코드 장으로 가서 돈 조반니 박스

세트를 꺼내 해설서를 보았다. 그리고 첫머리에 살해되는 인물이 역시 기사단장임을 확인했다. 살아 있는 조그만 인간이었다. 키는 얼추 60cm일 것이다. 그 작은 인간은 기묘한 흰옷을 걸치고 있었다. 그리고 연신 몸을 꼼지락거렸다.

『기사단장 죽이기』 중에서

추신: 추사 김정희는 "읽기만 하고 쓰지 않으면 진정한 인문인의 자세가 아니다."라 했는데 나는 절대 인문인이 될 수 없는 공대생 출신이지만 추사를 핑계 삼아서 이 글을 올린다.

오페라 「돈 조반니」 중 「우리 두 손을 맞잡고」를 들어 본다.

─
『종이 여자』, 기욤 뮈소

사방팔방에서 크리스마스 캐럴을 들으며 또 한 해가 저무는 것을 느끼는데 올해는 이상하게 연말 분위기가 나지 않는 듯하다. 이 겨울을 따라 계절성 정서 장애 우울증을 앓고 있는 것일까? 아니면 겨울답지 않은 포근함이 며칠째 계속되어서 그런가?

눈보라가 매섭게 휘몰아치는 듯한 쇼팽의 연습곡 「겨울바람」이나 차이콥스키의 「4계」 중 「겨울」을 생각하며 올해도 어김없이 나 자신을 돌이켜 본다. 끝없이 오만했던 태도와 심술에 대한 반성과 그리고 빠질 수 없는 나 자신에 대한 용서….

지난번 출국 시 공항에서 산 기욤 뮈소의 『아가씨와 밤』을 꺼내 읽기 시작하며 사춘기 소녀처럼 흥분의 세계로 빠져들었는데 여기서 나오는 남동부 프랑스의 지방 코트다쥐르(Côte d'Azur)를 다음번 여행지로 선정해 본다(아를 같은 남부 지방은 고흐의 발자취를 따라간다고 가 보았지만 칸(Cannes) 영화제의 도시인 칸은 가 본 적이 없는데 칸이 이 지역에 속해 있다).

내가 여태껏 읽은 기욤 뮈소의 소설 『종이 여자』, 『파리의 아파트』, 『브루클린의 소녀』 등에서는 그의 소설에 정례화가 된 듯 클래식, 재즈, 여자 경찰, '유진'이라는 한국인 독자, 뉴욕의 맨해튼과 센트럴 파크 등이 어김없이 등장한다. 이번에도 어김없이 베토벤의 「황제」와 슈베르트의 「즉흥 환상곡」, 「죽음과 소녀」, 로열 앨버트 홀 프롬스 공연에서의 슈만 곡 등이 나오는데 결말이 어찌 전개될지 궁금하다.

지난번 읽은 『종이여자』를 잠깐 소개한다.

『종이여자』는 쪽박 찬 젊은 소설가와 그를 팽개친 여류 피아니스트 그리고 주인공 친구들의 이야기이다. 연인과의 파경으로 끙끙대며 식음을 전폐하는 주인공의 집에 어느 날 미끈한 젊은 여인이 알몸인 채 하늘에서 뚝 떨어져 주인공이 쓴 소설 속에 나오는 여인 행세를 하는 판타지 소설이다. 이 여성은 인쇄가 잘못된 파본으로 인해 태어난, 잉크로 내장이 채워지고 몸의 주성분이 펄프로 만들어진 참으로 황당무계한 여자다.

책을 읽으며 나도 그런 섹시하고 매력을 듬뿍 발산하는 여성이 하늘에서 뚝 떨어지지는 않을까 수없이 상상해 보았는데 드디어 그런 여인을 찾았다. 나의 종이 여자를 소개한다.

난 피트니스 센터에서 실내 자전거를 타면 TV 속 한 선수를 응시한다. 축구에 미치광이인 나는 늘 손흥민이나 호날두가 나오는 프로를 선호했는데 그녀를 보고나서부터 언제부터인가 TV를 배구 경기로 고정했다. 하기야 남성들만 나오는 축구의 거친 장면 대신 미끈미끈하고 허여멀건 여자 선수들이 나오니 자연적으로 눈이 휘둥그레지지 않을 수 없다. 그녀는 감독도 여성인, 여자 일색인 그 팀에서 나의 지존이며 뮤즈이고 보석이다. 그녀의 이름은 ○○○이고 자랑스러운 국가 대표이다. 연봉이 물경 몇억 원을 넘는다. 그녀는 사랑스러운 머리를 찰랑대며 파워와 카리스마 넘치는 강력한 철퇴 같은 스파이크를 상대편에 내리꽂는다. 그러면 내 스트레스는 눈 녹듯 사라지며 황홀감에 넘쳐 몸이 부르르 떨린다. 오 나의 뮤즈여….

코트를 지배하는 그녀의 표정은 시시각각으로 변한다. 어쩌다 실수라도 하면 연속극의 장희빈보다 더 표독스러운 표정으로 복수의 칼날을 가는 모습을 보여 주기도 한다. 곧이어 블로킹에 성공하기라도 하면 사자가 포효하는 듯한 모습으로 환호한다. 그러면서도 함께 뛰는 동료들을 격려하며 다독거리는 모습에서는 한없는 따뜻함과 부드러움을 느낀다.

지금도 그녀의 모습이 화면에 나타나길 기다리는데 나의 이 허접하고 어쭙잖은 젊은 여인에 대한 동경은 언제까지 계속될지 누가 강력한 블로킹으로 좀 막아 주었으면 좋겠다.

해피 크리스마스 보내길 바란다.

추신: Merry Christmas는 격이 떨어지나? Happy Christmas라고 해야 하나? 영국과 아일랜드 등에서는 그렇게 말하기도 한다. 특히 왕실에선 꼭 'Merry' 대신 'Happy'를 쓴다. 'Merry'는 하층 계급의 소란스러움을 연상하게 하는 천박함이 느껴지기 때문이라고 한다.

판타지 소설이니 슈베르트의 「즉흥 환상곡」 3번을 김정원의 연주로 들어 본다.

—
『콜레라 시대의 사랑』, 가브리엘 가르시아 마르케스

코로나 때문에 『페스트』와 함께 유명해진 책이다.

『백 년의 고독』으로 잘 알려진 소설가 마르케스가 1985년 발표한 『콜레라 시대의 사랑』은 유럽에서 콜레라가 창궐하던 19세기 말을 배경으로 세 남녀의 사랑을 그린다. 여자가 집안의 반대로 사랑하던 남자를 배신하고 이상적인 남성인 콜레라 치료 의사와 결혼한다.

배신을 당한 남자는 결혼하지 않고 그녀만을 바라며 살기로 맹세하며 돈을 축적하여 51년 9개월 4일을 기다린 끝에 여자 남편의 장례를 치르는 날 그 여자를 찾아간다. 그날 남자는 남은 생을 함께하자며 사랑을 고백하는데 여자는 처음에는 화를 내며 거부하다 결국 남자의 진심을 받아들이고 둘은 사랑에 성공한다. 그때 남자가 76살, 여자가 72살이다,

이 소설은 마르케스가 『백 년의 고독』에서 복잡했던 시간의 순환을 이야기한 것과는 다르게 50년이 넘는 긴 시간의 흐름을 인내한 운명적 사랑을 그렸는데 카사노바 못지않은 헤아릴 수 없는 연애를 했으면서도 한 여자를 기다린 남자 주인공을 보면 육체적 사랑은 진실한 사랑을 찾아가는 과정인지도 모르겠다는 생각이 들었다. 우리는 첫사랑을 잊지 않고 50년 넘게 낮과 밤을 기다리며 76살에 그 사랑을 만날 수 있을까?

"태어난 이래, 나는 진심으로 하지 않은 말이 단 한마디도 없소."

선장은 페르미나 다사를 쳐다보았고, 그녀의 속눈썹에서 겨울의 서리가 처음으로 반짝이는 것을 보았다. 그런 다음 플로렌티노 아리사와 그의 꺾을 수 없는 힘 그리고 용감무쌍한 사랑을 보면서 한계가 없는 것은 죽음이 아니라 삶일지도 모른다는 때늦은 의구심에 압도되었다. 선장이 다시 물었다.

"언제까지 이 빌어먹을 왕복 여행을 계속할 수 있다고 믿으십니까?"

플로렌티노 아리사에게는 53년 7개월 11일의 낮과 밤 동안 준비해 온 대답이 있었다. 그는 말했다.

"우리 목숨이 다할 때까지."

— 『오만과 편견』, 내 앰배서더가 되어 주겠소?

18세기 말 목사인 아버지 밑에서 8남매 중 막내로 태어나 낭만주의 시대까지 살았던 제인 오스틴은 평생 몇백 킬로 반경에만 살아서 바깥세상과 많은 접촉을 하지 못했지만 그녀의 오빠들을 통해서 많은 영감을 받았다.

제인 오스틴은 애인이 있었으나 애인을 잃어야만 했고 평생 독신으로 산 그녀지만 결혼에 대해서는 많은 것을 썼다. 그녀의 묘비에는 다음과 같은 멋진 문구가 새겨져 있다고 한다.

자비로운 마음, 아름다운 기질, 남달리 뛰어난 자질을 가진 그녀의 지성은 모든 사람의 존경과 그녀와 깊은 관계를 맺었던 모든 사람의 사랑을 얻었다.

난 분위기는 전혀 다른 작가이지만 똑같이 은둔 생활을 하고 젊은 나이에 숨진 미국의 에밀 디킨슨이 자꾸 생각나 매우 애처로웠다.

"상당한 재산이 있는 독신 남성은 아내가 꼭 필요한 것이 만인이 인정하는 진리이다."라는 진실하고 숨길 수 없는 첫 문장으로 시작하는 소설『오만과 편견』에서 엘리자베스는 처음 본 다아시의 오만한 면만 보고 편견을 가지게 된다. 두 사람 사이에 심각한 갈등이 일어나지만 다아시는 그녀가 처음에 생각했던 것과는 전혀 다른 매력 있고 친절한 사람이라는 사실을 알게 되고 결혼을 하게 된다. 이러한 점은 다아시도 마찬가지다. 엘리자베스의 어머니인 베넷 부인의 언행에서 저속함을 느꼈기 때문에 베넷가 딸들을 다 저속한 여인으로 보고 엘리자베스에게도 심한 말을 했으나 그녀는 생각했던 것과는 전혀 다른 인격의 소유자인 것을 나중에 알게 된다.

그들이 처음 만났을 때 느꼈던 인상은 시간이 지나 서로가 접촉하게 되자 전혀 다른 모습으로 바뀌게 되고 서로의 진심을 느끼며 진정한 모습을 찾아가는 그들의 해피 엔딩에 나는 갈채를 보냈다.

물질적인 자산과 편안한 삶에만 가치를 두는 베넷 부인이나 콜린스 같은 인물은 현재 우리의 자화상인 듯하여 동질감도 가져 보았다.

영화에서는 명배우 로렌스 올리비에 경이 다아시 역을 맡아 구혼하는 장면에서 "내 미래의 동반자가 되어 달라, 당신의 앰배서더가 되고 싶다."라는 특이한 표현을 쓴다. 이 청혼을 엘리자베스가 거절하자 "나의 삶은 황폐해졌다. 이제 꿈으로만 간직하리라."라고 하며 바보 같았던 오만한 자존심을 후회한다. 또한 "당신을 사랑한 것은 부끄럽지 않았다."라는 고전미 넘치는 대사와 함께 흑백 영화에서 풍기는 모노톤의 담백함을 맛볼 수 있다.

학창 시절 읽다 포기한 이 육백 페이지나 되는 장편 소설을 이제야 마치고 나니 허영과 오만(Vanity and Pride)이라는 말이 자꾸 아른거리며 아들, 딸을 장가, 시집보낼 때 혹시 나도 베넷 부인처럼 되지는 않을까 전전긍긍하게 된다.

영화의 한 장면에 엘리자베스(사실 영화에서는 애칭인 리즈로 부르는 장면이 더 많이 나온다)가 멘델스존의 「노래의 날개 위에」를 피아노로 치는 장면이 나오는데 이 곡을 들어 본다. 하이네의 시에 멘델스존이 곡을 붙인 가곡이다.

—
『백세일기』, 김형석 교수님

김형석 교수님의 『백세일기』를 읽었다. 김형석 교수님은 정신적 성장에 가장 큰 영향을 준 인물을 톨스토이와 간디로 소개했다. 이 두 사상가는 노교수가 철학을 선택하고 철학자로 흔들리지 않고 걸어옴에 있어 큰 도움을 준 인생의 스승이다. 김형석 교수님이 두 분으로부터 감명을 받았다는 구절은 "정신적으로는 상류층으로 살지만 경제적으로는 중산

층에 머물러야 행복하다."라는 구절이었다. 이 대목에 집중하면서 읽자 내게 큰 울림으로 남았다.

김형석 교수님은 김태길, 안병욱 교수님과 막역한 친구 사이이다. 김형석 교수님이 두 철학가와의 우정을 그리워하며 먼저 타계한 김태길 교수님의 무덤을 찾아 "석양이 얼마 남지 않아 나도 모르게 눈물이 흘렀다."라고 쓴 표현 등 유난히 애잔하고 슬픈 내용의 글을 대하게 되어 가슴이 먹먹해졌다.

김형석 교수님의 또 다른 저서 『백년을 살아보니』에서 인생의 황금기는 60에서 75세 사이이니 노년을 준비하는 사람들에게 성장을 포기하지 말라고 강조하는 내용도 내게 크나큰 자신감과 용기를 주었다. 꽁꽁 언 겨울을 녹여 주며 따뜻한 난로가 되어 준 책이다.

100살이 넘는 사람의 비행기 표는 1살로 표기된다고 한다. 우리 시대의 지성인이신 한 살 어른(실제로는 102살이다) 김형석 교수님이 늘 강녕하시기를 소망한다. 그리고 앞으로도 지팡이가 필요 없는 지금 일상처럼 건강하시기를 기원하며 희망의 말씀과 용기의 메시지가 계속 전해지기를 바란다.

김형석 교수님이 남긴 젊음의 비결을 옮겨 본다.

공부하고 여행하라. 그리고 사랑하라.

『80년 생각』, 이어령 교수님

　'우리 시대의 마지막 남은 지성'으로 불리는 이어령 교수님, 그의 생애에서 마지막이 될 제자와의 100시간 인터뷰를 정리한 『이어령, 80년 생각』을 읽었다. 87세의 나이에 항암 치료를 거부하고 죽음의 코앞까지 글을 쓰며 그것이 자신을 살게 하는 혈청이라고 표현한 부분을 읽고 그의 예정된 인생 항로의 소식에 암담해진다. 그래도 내일 해가 다시 뜨려면 오늘 노을이 져야 한다며 죽음을 달관한 그의 인생관에 감탄하며 우리 시대 거인의 고귀한 모습이 느껴졌고 이 책이 교수님 생애의 마지막 글인 듯해서 참 슬펐다. 제자가 청한 마지막 인터뷰라니…. 마지막은 항상 허허롭고 슬픔을 준다.

　삶의 기준이 '저기'가 아니라 '여기'이고 '언젠가'가 아니라 '지금'이라는 소설가 백영옥의 글 그리고 모든 삶은 편도라는 마지막 구절을 생각했다. 꽁꽁 언 한강 변을 거닐면서 마지막 제자와 나눈 이어령 교수님의 마지막 인터뷰가 떠올랐다.

　이어령 교수님이 40대에 쓴 『축소지향의 일본인』을 다시 펼쳐 들었다. 일본 유학과는 거리가 멀었던 분이 어떻게 일본어로 쓴 문화 비평서를 베스트셀러 반열에 올리며 작아지려는 일본 문화의 전통을 풍자하고 일본인의 코를 납작하게 만들게 되었을까? 필자의 책 편집 도중 교수님이 영면하셨다. 시대의 논객이자 최고의 지성인이었던 교수님의 명복을 빌며 마지막 인터뷰 말씀을 옮겨 본다.

선한 인간이 이긴다는 것, 믿으라.

『남아 있는 날들』, 종달새처럼 즐겁게!

최근 조간신문에서 노벨 문학상을 받은 일본 출생인 영국 작가 가즈오 이시구로의 소설 『남아 있는 나날(The remains of the day)』의 번역을 두고 설왕설래이다. 잘못되었다느니 오역이라느니… 혹자는 '그날의 유물' 또는 '그날의 기억'이 맞는다고 하며 번역이 천지 차이라 한다. 책 내용이 궁금해서 책을 사 보았는데 맨부커상 수상작이라 하니 한강의 『채식주의자』가 떠올랐다. 그렇담 한강 씨도 노벨상 후보?

가즈오 이시구로의 특성답게 일인칭 화자의 이야기로 진행되는 소설이다. 1920년대부터 영국 귀족 가문의 집사로 일하며 사랑하는 여인과 결혼도 하지 못하고 아버지 임종도 지키지 못한 채 주인을 위해 충성으로 평생을 바치며 집사의 소명을 다하는 주인공 스티븐스가 특별한 휴가를 얻어 6일간의 여행을 하게 되는데 지난날을 회상하며 자신이 집사라는 품위를 지키기 위해 바친 충성심과 희생을 이야기하는 내용이다(집사라 하니 영화 「배트맨」에 나오는 주인과 맞먹는 듯한 신사의 품위를 갖춘 그 지긋한 하인 알프레드를 생각해 본다).

줄거리 내내 직업인으로서의 과할 정도의 고지식함과 집사라는 품위를 잃지 않던 스티븐스가 우연히 벤치 옆에 앉은 노인으로부터 "매일 그렇게 뒤만 돌아보면 우울해지게 마련이에요. 나를 봐요. 퇴직한 그날부터 종달새처럼 즐겁게 지낸답니다. 저녁은 하루 중 가장 좋은 때요."라는 말을 듣게 된다. 책의 마지막 부분에서는 사람들이 주고받는 우스갯소리인 농담에도 눈을 뜨게 되어 농담을 주고받는 것이 인간의 따뜻함을 느끼는 열쇠라고 깨닫는다.

나도 나날이 줄어드는 유머를 잃지 않고 어떻게 하면 삶의 재미와 함께 유쾌함을 가지고 살지 고민해 본다. 어려서부터 꿈이 싱어송라이터였던 저자 이시구로가 이 소설을 통해 내게 준 선물은 역시 즐기며 살아야 한다는 것이다. 또 Carpe Diem이냐고 혹자는 질문하겠지만 지금 내가 쓰는 이 책에서도 몇 번 나오는 명구(名句)이다. 종달새는 어떻게 하루하루를 즐겁게 보내는 걸까? 나에게 질문해 본다.

추신: 어떤 기자는 이 책을 두고 "삶은 이처럼 황혼이 깃들 무렵에 가볍게 날아오를 경지에 이른다."라고 멋진 서평을 했다.

\# 백건우 공연을 놓친 것을 못내 아쉬워하며 베토벤의 「피아노 소나타」 21번 「발트슈타인」 1악장을 백건우의 연주로 들어 본다. 이 곡은 베토벤이 후원자였던 발트슈타인 백작에게 헌정한 곡이다.

『빨강의 역사』, 빨간 옷을 입은 여인들

3만 5천 년 전부터 시작된 빨간빛의 역사와 진화를 이야기한 책 『빨강의 역사』를 읽으며 다양한 붉은색 여인들의 발자취를 따라가 본다. 빨간빛으로 자신을 드러내고 지키며 아름답게 치장하였던 여인들, 어느 작은 음악회에서 앙코르곡으로 나온 「오 솔레 미오」를 매혹적으로 부르던 성악가, 세비야의 플라멩코 쇼에 나온 카르멘 역의 여인이 입었던 빨간 옷과 뮤지컬 「안나 카레니나」의 강렬한 포스터, 롯데 콘서트홀에서 본 정열의 여신 같은 피아니스트 카티아 부니아티쉬빌리와 유자 왕, 비엔나 미술사 박물관 벽화의 이집트 여인 신지아의 주황색 드레스, 정구호 감독이 연출한 「라 트라비아타」와 「황진이」, 마지막으로는 8m 퍼팅으로 17억을 거머쥐었던 빨간 바지의 마법사 김세영 등….

헤르만 헤세의 『수레바퀴 아래서』에 있는 예술에 관한 글을 옮겨 보며 초록에서 시속 830km로 붉게 변해 가는 단풍에서 세월의 흐름을 느껴 본다.

예술적인 사람은 언뜻 이치에 맞지 않는 주장을 아무렇지 않게 하면서도 많은 사람에게 위안과 기쁨을 준다. 예술은 늘 믿음과 사랑, 위안과 아름다움, 영원히 변하지 않는 계시의 씨를 뿌리고 비옥한 토양을 새로 발견해 왔다. 삶은 죽음보다 강하고, 믿음은 의심보다 강하기 때문이다.

리스트의 「헝가리 광시곡」을 카티아 부니아티쉬빌리의 연주로 들어 본다.

· 카티아 부니아티쉬빌리의 연주회에서, 롯데 콘서트홀

—
신드롬에 대하여, 세상의 온갖 신드롬

말복이다. 어영부영하다 보니 여름이 다 간 모양이다. 아침부터 복달임하자고 연락이 오는데 비가 오니 만사가 귀찮고 그나마 입맛 돋우는 여름 보양식인 민어는 값이 너무 올라 먹을 엄두도 못 낸다. 하지만 민어가 암만 비싸도 천정부지로 치솟는 부동산 분노 신드롬 정도는 아니다.

그러고 보니 요즘 트로트맨들의 콜 서비스에 많은 여성분이 '트로트 신드롬'에 푹 빠져 있다.

자신의 성공은 운으로 얻어졌다며 불안해하는 가면 증후군, 영화 「벨 칸토」에 나왔던 인질범과 사랑에 빠지는 스톡홀름 신드롬, 스탕달이 귀도 레니가 그린 그림인 「베아트리체 첸치」를 보고 기절할 만큼 넋을 잃었다던 스탕달 신드롬, 그리고 좀 되었지만 베트남의 영웅 박항서 신드롬에 재작년 페미니즘으로 다시 문학계에 열풍이 불었던 박완서 신드롬, 남편이 집에 있으면 소화가 안 된다는 은퇴 남편 신드롬, 몇 달 전 TV 드라마 「부부의 세계」 신드롬, 가족같이 소중한 반려동물이 죽은 뒤 상실감과 우울증을 경험하는 펫 로스 신드롬 그리고 부동산 분노 신드롬. 아~ 빠진 게 있다. 오늘 복날의 삼계탕 신드롬이다.

이 책을 읽는 독자들은 바람직한 신드롬만 있길 바라며 가면 증후군에 관한 칼럼 내용 일부를 옮겨 본다.

자신의 성공은 운으로 얻어졌다며 불안해하는 가면 증후군은 가질 필요가 없다. 자신을 폄하하는 '그저, 단지, 겨우, 그냥' 같은 단어들을 쓰지 말자. 본인 스스로 비하하고 자기 능력을 부인하면 유쾌한 마음이 될 수 없다.

다른 사람의 비위를 맞추는 것에서 벗어나 "아니요."라고 말하는 연습을 하자. 이제는 느끼는 대로 말하고, 참지 못하는 것은 참지 못하겠다고 하고, 요구할 것은 요구하자. 무조건 "네, 네."라고 하면서 원망하는 마음을 갖는 것보다 낫다. 그러면 우울해지지 않는다고 한다.

스탕달 이야기가 나온 김에 『적과 흑』에 나온 욕망의 화신인 줄리 앙이 열렬히 숭배했던 보나파르트 나폴레옹을 떠올리며 베토벤의 3번 교향곡 「영웅(에로이카)」 중 1악장을 들어 본다.

추신: 그런데 신드롬의 주인공인 박완서와 박항서 두 분이 남매 사이라고 알고 있는 분들이 있는 듯하다. ㅎㅎ 가수 박인희가 「명동백작」 박인환의 동생이라고 알고 있는 분들처럼.

아인슈타인의 행복 이론, 수지맞은 웨이터

참 좋은 세상에 살고 있다. 예전 같은 필름 사진이었다면 필름이 사진으로 인화되고 주인공들에게 보내지기까지 설렘과 초조함으로 기다렸을 텐데 이제는 시시각각으로 찍힌 사진들이 SNS를 수놓고 주인공들은 사진을 보며 흐뭇한 미소를 지으며 감탄사를 연발하고 있으니 문득 아날로그 시절의 필름 사진이 그리워진다.

지난주인가 보다. 일주일에 두 번인가 신문에 정기적으로 기재되는 영어 관련 기사가 있어 공부도 할 겸 읽어 보는데 95년 전에 나온 아인슈타인의 행복에 관련된 에피소드가 눈에 띄었다. 1922년 아인슈타인이 일본 순회 강연 시 일본은 팁 문화가 없어 웨이터에게 팁 대신 작은 종이 두 장에 행복에 대한 글을 남겼다고 한다. 사람들은 이 글을 아인슈타인의 행복 이론이라고 불렀다.

조용하고 소박한 삶이 끊임없는 불안에 얽매인 성공 추구보다 더 큰 기쁨을 준다.

또 다른 한 장에는 너무도 유명한 문장인 "뜻이 있는 일에 길이 있다 (Where there's a will, there's a way)."라고 적어 주었다. 아인슈타인은 웨이터에게 이 종이를 건네며 당신이 운이 좋다면 일반 팁보다 훨씬 값어치가 있을 것이라는 말을 남겼는데 이 종이는 나중에 경매에서 14억 원에 팔렸다고 한다.

삶의 일부분처럼 클래식을 좋아했고 특히 모차르트 음악을 좋아하고 연주하기를 즐겼다던 아인슈타인의 상대성 이론이 아닌 행복 이론을 읽으며 늘 무엇인가에 쫓기며 불안해하는 나를 되돌아본다.

─
『버지니아 울프의 정원』, 나만의 오두막집을 꿈꾸다

버지니아 울프의 집필지였으며 생의 일부분이 되었던 『버지니아 울프의 정원』을 읽었다. 울프 부부가 22년 동안 살았던 집과 정원 그리고 그들이 살아온 인생을 이야기하듯 풀어낸 책이다. 그들이 끔찍이 사랑했던 눈부시게 찬란하고 황홀하며 신비스러움이 넘치는 정원의 모습을 사진으로 대하니 빛이 주는 따뜻함과 초록이 주는 신선함 그리고 자연의 향기가 내게 풍겨 오는 듯했다.

맨 처음 변소가 없어 양동이로 변소를 급조하기도 했지만 부부의 책들이 점점 많이 읽히자 부부는 생활의 여유를 가지게 된다. 옆의 땅을 사들이고 수세식 변기와 뜨거운 물을 자유자재로 쓸 수 있는 목욕탕을 만들며 행복에 젖어 친구들에게 자랑하기도 하고 시인 T.S.엘리엇을 초대하여 가깝게 지내기도 한다. 집 앞 뜰에서 자란 밝은 황금빛에 엷은 분홍빛이 더해진 사과를 끔찍이 사랑하고 경탄스럽게 생각했던 울프 부부 덕분에 난 헤스페리데스(그리스 신화에서 먹으면 불사의 존재가 되는 헤라의 황금 사과를 지키는 신)가 무엇인지 알 수 있었다.

나에게 정원이란 어릴 적 우물 근처에 있던 자그마한 화단에 서 있던 닭 볏을 닮은 자줏빛의 맨드라미 무리와 분홍색의 백일홍 그리고 화려함을 뽐내는 칸나에 대한 기억과 그 우물가에서 빨래하는 옆집 아주머니들의 소곤대는 목소리가 떠오른다. 그리고 남산에서 본 둥그스름한 언덕과 작은 연못, 그 안에서 유영하고 있는 이름 모를 수중의 곤충들 그리고 키 작은 식물들이 만들어 낸 군락이 그림처럼 아름다운 모습이다.

요즘 코로나로 해외 여행길이 막혀 정원을 즐기는 사람이 많아졌다는데 이 책을 읽고 나니 정원이 아름답다는 영국의 스투어 헤드 정원에 가서 귀족들이 남긴 정원을 찾아보고 싶고 몽크스 하우스에 들러 책에서 나온 동선대로 다니며 버지니아가 남긴 흔적들을 둘러보고 싶다. 그리고 강물에 몸을 던져 생을 마감한 버지니아의 인생을 안타까워하며 "모든 작가에게는 돈과 자기만의 방이 필요하다."라고 한 시대를 앞서간 페미니스트의 삶을 생각할 것이다.

문득 말러의 부인이었던 알마가 죽으면서 "아빠가 살던 정원으로 돌아가고 싶다."라고 했다는 이야기가 떠오른다. 정원이란 그리운 기억의 장소이고 따뜻한 추억의 공간인가 보다.

오늘 정월 초이튿날, 버지니아 울프가 사랑한 그 따뜻한 정원을 생각하니 영하 8도의 추운 날씨지만 강변의 오솔길을 아작아작 소리를 내며 걷고 싶은 유혹에 빠져든다. 박인환의 시 「목마와 숙녀」에 나오는 "한 잔의 술을 마시고 우리는 버지니아 울프의 생애와 목마를 타고 떠난 숙녀의 옷자락을 이야기한다."라는 구절을 읊조리며 말이다.

책과 선율 그리고 영화

알마 쉰들러와 구스타프 말러, 비엔나의 아름다운 꽃 알마

코로나 바이러스가 다시 확산되었다는 각종 매스컴의 뉴스를 대하는 아침이다. "바이러스나 음악이나 확산은 사회적 연결을 매개로 이루어진다. 바이러스는 물리적 연결로, 음악은 공간 속 연결을 통해서 확산된다."라는 정신과 교수의 글에 공감하며 구스타프 말러의 교향곡 5번 4악장 「아다지에토」를 들었다. 이 아름답고 감성이 넘치는 곡을 오랜만에 들으며 말러가 사랑한 아내 알마를 떠올렸다.

비엔나 사교계의 여왕이었으며 수많은 예술가의 뮤즈였던 알마는 같은 음악가인 20살 연상의 말러와 결혼한 후 숱한 갈등을 겪었고 결혼 생활 중 발트 하우스의 창시자인 그로피우스와 연애를 하며 '비엔나의 꽃'으로 불리는 화려한 남성 편력을 자랑한다. 심각한 우울증에 시달리던 말러가 죽자 화가인 코코슈카와 격렬한 사랑을 하고 2년의 열애 후 코코슈카의 독점력에 싫증이 나자 헤어지게 된다. 이에 코코슈카는 그의 명작 「바람의 신부」를 통해 사랑하는 사람을 잃어버릴지 모르는 불안과 슬픔이 담긴 그림을 남겼다. 코코슈카는 알마를 닮은 실물 크기의 인형을 만들어 늘 함께 지내기도 하는데 떠나간 알마만을 생각하며 평생을 독신으로 지낸다. 한편 알마는 코코슈카와 헤어진 후 연하의 그로피우스와 결혼하고 마지막으로 희극 작가와 연을 맺는다(알마의 러브 스토리에

난 "사랑해서 헤어진다."라고 한 우리나라 전설의 배우, 김지미를 생각했다. 한편 알마는 어릴 때 아버지를 잃어서 나이 차가 많이 나는 남자를 좋아했다는데 아버지의 제자인 클림트와도 사랑을 했다고 전해진다).

말러의 음악들은 내가 읽은 책에서도 소개되었다. 교향곡 2번은 기욤 뮈소의 『파리의 아파트』에서, 교향곡 5번 4악장은 이기주의 『언어의 온도』에서 언급되어 옮겨 본다.

비평가는 앨범에 수록된 베토벤의 교향곡 5번 해설에서 작곡가에게 평생 동안 활력을 불어넣어 준 "운명의 멱살을 잡겠다."라는 의지를 강조했다. 5번 교향곡은 인간과 운명의 맞대결을 담고 있다. 베토벤은 교향곡의 포문을 여는 네 개의 음표가 주는 상징적 의미에 대해 "이렇듯 운명은 문을 두드렸다."라고 말했다.

말러의 교향곡 2번은 영생과 육신의 부활이라는 주제를 담고 있는 곡이다. 앨범 해설서의 레너드 번스타인 글에 나와 있다. 말러의 음악은 삶과 죽음에 대한 우리의 불안감을 지나치리만큼 진솔하게 다루고 있다. 그의 음악은 진실을 추구하기 때문에 간혹 듣기에 따라 마음이 불편해지는 요소들을 거침없이 표현한다.

『파리의 아파트』 중에서

당시 비엔나 왕립 오페라단을 이끌던 구스타프 말러는 사교 모임에서 치명적인 매력을 지닌 여인과 운명적으로 조우한다. 검은 머리카락을 늘어

뜨린 채 고혹적인 자태로 말러를 맞이한 여인의 이름은 알마 신들러.
많은 남자가 그녀의 마음을 얻으려 주변을 맴돌았다고 한다. 물론 구스
타프 말러도 그중 한 명일 터. 저항할 수 없는 매력에 이끌린 말러는 알
마에게 편지를 건네며 적극적으로 구애를 펼친다. 당신을 향한, 당신을
위한 모든 것이 내 안에 있습니다!

말러는 알마를 유혹하는 과정에서 직업 정신을 십분 발휘했다. 교향곡
5번 4악장을 알마에게 헌정하면서 마음의 볼륨을 높이며 말러 특유의
어두운 낭만이 선사하는 선율로 알마를 사로잡았고 결국 부부의 연을
맺었다.

『언어의 온도』 중에서

추신: 아다지에토(Adagietto)는 아다지오보다 조금 빠르게 연주하라는
말이다.

—
베토벤과 「아델라이데」, 고귀함과 사랑스러움

몇 년 만에 창원행 기차를 탔다. 차창 밖은 눈이 부시게 화려하고 삼라
만상 모든 것이 아름다워 보였다. 조수미의 「IL Bacio(입맞춤, L.Arditi 작
곡)」를 멜론에서 듣는데 너무 사랑스럽고 우아하다. 문득 비슷한 느낌을
주는 베토벤의 「아델라이데」가 생각나 기억의 저장고에서 끄집어내 본
다. 너무 많이 들어 본 곡이고 많은 분이 좋아하는 「아델라이데」는 스위

스 지방의 산에서 자라는 보라색 야생화로 고귀하고 사랑스럽다는 뜻을 가졌다. 「아델라이데」는 베토벤이 비엔나에서 작곡 활동을 하던 당시 유명한 시인의 시를 작곡한 것으로 아름다운 여인에 대한 애틋한 마음을 전하는 가곡이다.

1826년 겨울 56세인 베토벤은 조카와 함께 덮개도 없는 마차를 타고 가다 비에 흠뻑 젖어 폐렴에 걸리게 되어 4개월 후인 1827년 봄에 사망한다. 이 곡은 죽기 전 테너 가수로부터 마지막으로 들었던 가곡이라 전해진다. 죽음을 앞두고 베토벤이 듣고 싶어 했던 아름다운 곡이다. 요즘 많이 뜨는 근사하고 분위기 있는 테너 성악가, 김세일의 노래를 들으면 저절로 입맞춤하고 싶은 마음에 눈이 감길지도 모른다.

김세일의 「아델라이데」를 들어 본다.

—
『오디세이』, 20년 만의 귀향

존재하지 않는 가상 인물일지도 모르는 기원전 8세기 작가인 호메로스의 소설 『오디세이』를 읽는다는 것은 어리석고 우스꽝스러운지도 모르겠다. 다만 마르지 않는 상상력의 원천이라고 표현한 신화들을 다루어서 그런지 넋을 잃고 읽었다.

바다를 지배하며 오디세우스를 괴롭히는 포세이돈과 그의 아들인 사람을 잡아먹는 외눈박이 거인 키클롭스 그리고 달콤한 노래로 뱃사람을 유혹하여 넋을 빼놓고 뼛조각도 남기지 않는 세이렌과 오디세우스를 돕는 우리에게 친숙한 이름의 에르메스와 아테나 등의 신을 엮어 만든 스토리는 서양 최초의 소설답게 흥미진진했다.

　10년에 걸친 트로이 전쟁에서 승리한 오디세우스가 온갖 역경을 극복하고 천신만고 끝에 20년 만에 고향으로 돌아오는데 거지꼴로 변장하고 궁에 들어온 옛 주인 오디세우스를 아르고스라는 개와 발의 흉터로 눈치를 챈 유모 이 둘만이 알아본다는 대목에서 감동하지 않을 수 없었다.

　오디세우스가 고향을 비운 사이 아내 페넬로페를 차지하기 위해 많은 구혼자가 몰려들었으며 구혼자들은 오디세우스의 아들인 텔레마코스를 죽이려고도 한다. 이 복수를 위해 오직 인내만으로 마음을 갈고닦는 오디세우스의 성찰이 느껴졌다. 오디세우스의 아들을 코치하고 상담해주는 멘토(Mentor), 요즘 많이 쓰는 그 멘토의 어원이 이 『오디세이』에서 비롯되었다고 한다. 그리고 갖가지 보석이 기원전 8세기부터 선물로 등장하는 걸 보며 그때나 지금이나 보석은 꽤 가치 있는 재물인 듯했다(오, 보석에 약한 자여. 그대 이름은 여자… ㅎㅎ)

　# 오디세우스가 귀향하는 도중에 Tempest(폭풍우)를 많이 만나게 되는 장면을 상상하며 베토벤의 피아노 소나타 「Tempest」 중 광풍이 휘몰아치는 3악장을 들어 본다. 이 곡은 청력을 잃고 제자 줄리에타와의 결혼도 실패하자 자살까지 생각하던 시기에 작곡한 곡이다. 베토벤 사후

제자인 안톤 쉰들러에 의해 「Tempest」로 명명된 곡으로 제자가 베토벤에게 작곡의 소감을 물었을 때 "셰익스피어의 희곡 『템페스트』를 읽지 않고는 이 음악을 듣지 말라."라는 말을 남겼다고 전해진다.셰익스피어의 희곡인 『템페스트』는 동생에게 왕위를 빼앗긴 형이 절망을 딛고 일어나 복수하고 결국 용서와 화해의 해피 엔딩으로 끝나는 내용을 담고 있다.

—
덩리쥔의 전기, 「月亮代表我的心」

"달빛이 내 마음을 대신해요."

누군가의 일생을 기술한 전기를 책으로 읽는 것은 그 사람의 살아온 삶이나 인생관 등을 엿볼 수 있어 흥미로운 허구의 소설과는 느끼는 점이 판이한 듯하다.

작은 규모의 무역을 하는 나는 어쩌다 대만 친구들과 가라오케에 가게 되면 더듬거리면서도 「첨밀밀」이나 「월량대표아적심」을 따라 불렀었는데 덩리쥔 전기가 쓰인 이 책이 너무 보고 싶어 안절부절못하며 조바심이 났다.

15살 연하의 프랑스 사진작가인 연인과 타이 치앙마이에서 지내다 천식 발작으로 42살에 숨을 거둔 그녀의 가엾은 인생….

그녀의 절친이었던 배우 린챵샤(임청하)가 쓴 3페이지의 추천 서문부터 가슴이 아렸다. 그리고 테레사(덩리쥔의 세례명)의 오빠가 쓴 서문을 읽고 평생 실천해 온 사랑이 책 곳곳에 담겨 있어 그녀의 정취에 흠뻑 빠져들었다.

달빛 같은 마음을 가졌으며 항상 다정다감하고 배려 많으면서도 자신에게는 늘 엄격하고 혹독하며 노력했던 덩리쥔, 나도 그녀같이 달빛처럼 은은한 내면의 빛을 발하는 더 따뜻한 사람이 되고 싶지만 나이가 들어 가는 것이 아쉽다.

그녀의 갑작스러운 죽음으로 계획했던 레코드 발매 행사에 나오지 못했던 「눈 속의 사랑」이라는 노래, 난 그녀의 요절에 이 노래 가사를 직접 옮겨 보았다. 외우지도 못할 것이지만 그녀의 영혼이라도 달래 줄 마음으로….

당신은 이미 떠났지요. 더는 미련 두지 않을래요. 인연이 이 한 잔에 다 끝났군요. 당신은 얼른 집에 가라고 했죠. 하지만 집에서는 홀로 공허를 마주 볼 뿐 그 노랫소리가 흩날려요. 아련한 옛사랑을 토로하는 것처럼. 하지만 사랑은 이미 다 말라 버렸어요. 나도 눈물 닦지 않아요.

마주 보며 웃던, 우리 함께하자던 맹세를 기억해요. 눈 깜빡하는 사이에 마음은 메마르고 사랑은 아픔이 되었지요. 사랑의 인연은 꽃송이 같아서 아주 짧은 순간 찬란히 아름다울 뿐. 헤어져야 한다면 무슨 말을 더

할까요. 적막하고 깊은 밤 그림자도 차가워요. 그대는 이미 멀리 떠나가고 그립다는 말 더는 쉽게 하지 않을래요.

차가운 빗줄기 창밖을 지나가고 혼자 마시는 술 한 잔. 향기롭기도 쓰기도 한 술 한 잔 조용히 마셔요. 북풍이 윙윙 불어도 그대여, 돌아보지 말아요. 이런 날 올 줄 다 알고 있었잖아요. 후회는 없어요.

우연일까 아니면 여한일까? "그대여, 돌아보지 마세요." 이 가사처럼 덩리쥔은 떠났다.

저음이 쫙 깔린 남자 가수가 부르는 덩리쥔의 노래를 들으면 그녀 생각에 슬퍼지는 마음을 금할 수 없다.

#「月亮代表我的心」 들어 본다.

—
마리아 칼라스, 노래에 살고 사랑에 실패한 그리스 여신

아침의 여유와 한산함을 만끽하기 위해 조조 영화를 보러 갔다. 마리아 칼라스 위에 마리아 칼라스 없다. 스스로 불같은 여자라 불렀던 전설적인 그녀의 인생 이야기를 보고 싶어서였다. 예전에 뉴욕에 갔을 때 그녀가 살았다는 아파트 근처에 간 적이 있었는데 그녀의 성악 커리어와 사랑에 대한 욕망이 매우 궁금했다.

그녀에게 선박왕 아리스토텔레스 오나시스와의 우정은 운명이라고 한다. 그녀에게 오나시스는 바깥세상을 비추는 스크린 같은 존재였으며 그녀는 오나시스가 '나의 숨'이며 오나시스를 몸과 마음을 다해 사랑한다고 고백했지만 오나시스가 몰래 재클린과 결혼하여 상처를 받았다. 그런데도 다시 찾게 된 둘의 우정, 사랑에는 실패했지만 우정은 진짜였다고 칼라스는 말한다.

　　"운명은 운명이고 벗어날 길은 없다."라고 한 칼라스지만 스승에게 보낸 편지에서는 수줍고 예측하기 어려운 자기 성격을 이야기하며 일반 시민이 자기를 쳐다보면 부끄럽고 민망해 고개도 못 들었다고 적었다고 한다. 별명이 호랑이였어도 그리스 여신의 가냘픈 소녀 같은 편지에 마음이 짠해졌다.

　　그나저나 영화에 잠깐 나온 곳이 오나시스가 재클린을 데리고 종종 산책을 나섰다던 그리스의 수니온이던가? 내가 간 날은 포세이돈이 심술을 얼마나 부렸는지 바람이 엄청 많이 불었다.

　　왠지 우울했던 오늘 아침, 여신 같았던 그녀의 일생과 주옥같은 아리아를 들으며 53세에 세상을 떠난 세기의 디바를 아쉬워했다. 몇 명 안 되는 극장 안에서 그녀의 열성 팬이라도 되는 듯 눈물을 찔끔거린 아침이다.

　　# 영화 마지막 장면에 나오는 「오! 나의 사랑하는 아버지」를 들어 본

다. 푸치니의 「잔니 스키키」에 나오는 유명한 아리아인데 칼라스의 시그니처 곡이라 할 수 있다.

「추억」, 로버트 레드포드도 ROTC 장교!

이슬비가 대지를 촉촉이 적시던 어제 아침, 인디아 델리로 향했다. 혼자가 된 자유를 흠뻑 누리며 작은 비행기 공간에서는 싱글 몰트 위스키의 정제된 부드러운 맛과 잔을 따르는 순간 풍겨 오는 그윽한 향기에 반해 짭짜름한 땅콩을 안주 삼으며 영화와 차이콥스키 음악에 빠져들었다. 8시간의 비행시간이 지루하지 않게 지나갔는데 2월 졸업과 입학 시즌에 걸맞은 영화인 듯해 고른 것이 「추억(The Way We Were)」이었다. 몇십 년 만에 다시 보는 영화에 감회가 새로운 시간이었다.

추억이 된 영화 「추억」! 지난 35년 전, 추운 겨울 임관을 앞두고 숨죽이며 보았던 영화, 「추억」!

흔한 라이터도 없고 담배나 오븐에 불을 붙이려면 성냥을 사용하는 장면들이 나오는 1970년대 영화로 매카시즘(반공산주의) 앞에서 상반된 정치적 성향이 있는 두 남녀의 순수한 사랑과 우정이 나오나 사회적 신념을 극복하지 못하고 결국 이별하는 내용을 그린 애절한 영화이다. ROTC 장교 역의 로버트 레드포드와 매부리코의 대명사 바바라 스트라이샌드의 연기가 돋보였다. 영화 속 바바라 스트라이샌드가 불러 더 유명해진 OST 「The way we were」와 함께 나에게는 짙은 여운으로 남아 있는 영화다. 영화 제목 「추억」처럼….

　로버트가 바바라의 구두끈을 매어 주는 장면에서는 낭만 가득한 사랑이 움트고 있음을 느꼈지만 "정치 이야기만 나오면 네 유머는 도망간다." "넌 싸울 준비만 되어 있지 이해할 준비는 안 되었다."라는 로버트의 말이 둘의 이별을 암시하는 듯했다. 바바라가 임신까지 했음에도 계속되는 사회 운동에 로버트도 지쳐 결국 둘은 각자의 삶을 살게 된다. 세월이 흐르고 재혼하여 로버트의 아이를 키우며 사회 운동가로 활약하는 바바라가 새로운 연인을 만난 로버트와 우연히 마주치게 되는데 바바라가 로버트의 연인을 보고 "Your girl is lovely."라고 말하며 둘은 영원히 헤어지게 된다. 옛 애인의 여자를 보고 예쁘다고 칭찬하는 모습에서 헤어진 연인들의 초연함과 성숙한 이별의 아름다움을 느꼈다. 아, 그러고 보니 아름다운 사랑인지 아닌지는 마지막 이별할 때 보이는가 보다. 그리고 그 이별은 금방 추억이 되는 듯하다.

　# 바바라 스트라이샌드의 「The way we were」를 들어 본다.

―
　「냉정과 열정 사이」, 피렌체의 추억

　차이콥스키의 현악 6중주 「피렌체의 추억」을 듣다 배경이 피렌체였던 영화가 생각나 적어 본다. 「The whole nine yards」라는 OST로도 유명한 영화 「냉정과 열정 사이(Between Calm and Passion)」다.

19살의 아오이에게 우산을 전해 받는 것으로 시작된 준세이의 첫사랑, 그들의 첫 키스는 교정에서 첼로 연습생이 자주 틀리는 부분을 들으며 이루어진다. 아오이와 준세이는 10년 후, 30살이 되는 생일날 연인들이 영원한 사랑을 맹세하는 장소인 피렌체 두오모 성당에서 함께 만나기로 약속하지만 그 약속을 지키지 못한 채 둘은 헤어진다. 그리고 각자 다른 길을 걷지만 늘 지켜야 할 약속 때문에 서로를 잊지 못하는데 아오이의 생일날 둘은 두오모 성당을 찾아 재회한다. 두 사람은 피렌체의 한 공원에서 10년 전 첼로 연습생이 연주했던 현악 4중주를 듣게 되며 기적은 자주 일어나는 게 아니라고 이야기한다. 그날 밤, 두 사람은 잃어버린 시간을 보상받으려는 듯 서로를 갈구하고 다음 날 아침 아오이는 다시 밀라노로 돌아간다. 헤어지는 순간에도 끝까지 냉정했던 아오이, 결국 준세이가 빠른 기차를 타고 앞서가 다시 재회하며 해피 엔딩으로 끝나는데 남자 주인공 다케노우치 유타카의 일편단심과 여자 주인공 켈리 첸의 냉정하고 쿨한 연기가 압권이다. 사랑이란 영화 제목처럼 냉정과 열정 사이를 계속 오고 가며 이성과 감정 사이에 있는 감정들을 담금질하는 것이 아닐까?

유럽 출장 시 늘 둘러보는 피렌체의 가죽 시장과 노벨라역을 떠올리며 다음번 피렌체 출장 때는 이 두 사람이 갔던 두오모 성당에서 나도 누군가 만나기를 기대해 봐야겠다.

· 또 다른 피렌체의 추억, 15년 전 가족과 함께

#「피렌체의 추억」 중 가장 유명한 2악장을 들어 본다. 매우 서정적이고 평안함을 주는 우아한 곡으로 후반에는 환상이 넘친다.

추신: 젊은 나이에 결혼에 실패한 차이콥스키는 12명의 자녀를 둔 미망인 폰메크 백작 부인으로부터 서로 만나지 않는다는 조건으로 재정을 지원하겠다는 편지를 받는다. 그 후 15년간 한 번도 만난 적 없이 편지 교환 등으로 둘의 우정은 지속되었으나 50살이 되던 해에 지원마저 끊기고 일방적 결별로 둘의 우정은 끝이 난다(어느 합창단 지휘자는 폰메크 부인이 차이콥스키의 집을 방문했으나 그때 부재중이어서 만남이 이루어지지 않았다고 했다).

나이 들면서 심술 말고 느끼는 것이 몇 개 더 있다. 바로 약과 잔소리와 모자다. 다른 것은 시원치 않아도 두상 하나는 아버지의 DNA를 물려받은 나는 페드로나 헌팅캡이 무척 잘 어울린다. 두오모 성당 근처에서 난 또 모자를 사고 말았다.

· 피렌체의 단골 모자 가게

『두 도시 이야기』, 내 목이 가늘어서 다행이다

It was the best of times, it was the worst of times, it was the age of wisdom, it was the age of foolishness(최고의 시절이자 최악의 시절, 지혜의 시대이자 어리석음의 시대였다).

이 문장은 찰스 디킨스의 『두 도시 이야기』에 나오는 첫 문장으로 『오만과 편견』과 『안나 카레니나』의 첫 문장과 함께 가장 아름다운 소설의 첫 문장으로 꼽히고 있다. 세상에서 가장 많이 팔린 단행본인 이 책은 파리와 런던의 두 도시를 배경으로 프랑스 혁명 격동기를 묘사한 역사 소설이다. 혁명 당시의 사회 풍경과 불행과 갈등을 겪는 인물들의 묘사 그리고 영국 변호사가 사랑했던 여인의 남편인 프랑스 귀족을 대신하여 감옥으로 들어가 단두대의 이슬로 사라지는 희생을 담은 내용이다.

그런데 최근에 읽은 고전인 『적과 흑』과 『주홍글씨』 등이 모두 단두대와 관련된 책이라니 참으로 묘한 일이다.

단두대 하면 유난히 떠오르는 영화가 있는데 바로 「천일의 앤」이다. 헨리 8세와 그의 두 번째 부인 앤 볼린의 비운의 사랑과 영국 왕실의 암투를 그린 영화인데 쓸쓸하고 애간장을 녹이는 OST가 영화보다 더 유명하다. 프랑스 궁정에서 교육을 받고 영국 왕실의 시녀로 돌아온 총명하고 야심 가득했던 앤(연산군의 후궁 장녹수를 닮지 않았나 싶다)은 헨리 8세의 여성 편력을 이용하여 스페인 출신 왕비를 내쫓고 왕비가 되었으나 아들을 낳지 못하자 아들 후계자를 바라던 헨리 8세는 또 다른 결혼을 위해 반역죄 모략을 펴서 앤을 처형하게 된다는 비련의 역사 영화이다.

결국은 그녀의 딸 엘리자베스 1세가 영국 여왕이 된다. 엘리자베스 1세 여왕은 상상할 수 없는 고문을 승인하며 철권통치를 하지만 영국 역사상 가장 추앙을 받는 여왕이기도 하다. 앤은 참수형이 확정되자 단두대에서 "내 목이 가늘어서 다행이다."라는 말을 남겼고 앤이 참수된 런던탑 근처에서는 머리 없는 앤이 밤마다 나타났다는 전설이 있다고 한다. 셰익스피어 「햄릿」에 나오는 선왕처럼 말이다.

· 앤 볼린의 쓸쓸한 뒷모습 같다.

· Hampton Court Palace

런던 시내에서 1시간 떨어진 헨리 8세의 왕궁인 Hampton Court Palace를 쭉 둘러보았다.

#「천일의 앤」 OST를 들어 본다.

—
쇼스타코비치와 영화 「레이디 맥베스」, 책 『시대의 소음』

지난여름 쇼스타코비치(애칭 쇼스티)의 생애와 음악을 집중 조명한 줄리언 반스의 소설 『시대의 소음』을 읽었다. 책 안에 수록된 오페라 「므첸스크의 맥베스 부인」이 어떤 내용인지 궁금하던 차에 영화 「레이디 맥베스」를 볼 기회가 있어 이 영화와 쇼스티의 오페라에 관한 내용을 몇 자 적어 본다.

이 영화는 니콜라이 레스코프의 원작을 배경으로 만든 작품으로 원작에서는 적나라한 성애 장면과 노골적 묘사 등 주인공 카테리나가 잔인한 마녀였음을 보여 주었다고 하는데 영화에서는 어린 나이에 팔려 오듯 시집을 온 소녀가 억압받던 생활을 하던 중 하인과 금기된 욕망을 채우고 방해하는 사람들을 제거하며 악녀로 변해 간다는 내용이다.

한편 쇼스티는 오페라 「므첸스크의 맥베스 부인」을 통해 팜므 파탈의 마녀를 인간의 본능에 따르는 여성으로 미화하며 몇 년간 문제없이 공연하던 중, 예술을 억압하는 스탈린이 공연장에 불쑥 찾아온 뒤 곡이 스탈린의 취향에 맞지 않는다는 핑계로 연주 중간에 퇴장하게 된다. 『시대의 소음』에서는 쇼스티를 갑자기 요란하게 짖어 대서 주인의 마음을 상하게 한 개와 같은 꼴이 되었다고 표현한다.

죽음의 공포에 시달리던 심성 약한 쇼스티는 결국 정치적 압력에 굴복하고 반스탈린의 은둔형 인사나 반체제주의자에게 필요한 것은 용감한 음악이라며 스탈린의 편에 서서 정부를 위한 유명한 「교향곡 5번」을 작곡하게 된다. 「혁명」이라 불리는 이 곡은 초연 시 45분 연주에 동원된 엑스트라들이 1시간 동안 박수를 친 정치적으로 계획된 꼭두각시 공연이었다.

영화 「레이디 맥베스」는 주인공이 억압받는 생활에서 벗어나 본능을 좇으며 악녀가 되는 과정을 그렸고, 『시대의 소음』에서는 권력의 시녀가 된 쇼스티의 수치와 비겁함 속에서 고통받는 인간성을 다루었다.

쇼스타코비치의 재즈 모음곡 「왈츠」 2번을 들어 본다. 영화 「번지점프를 하다」에서 이병헌과 이은주가 춤을 출 때 나오는 곡인데 왈츠의 4/3박자 리듬과 쇼스티 특유의 서정적인 우수는 이은주의 아쉬운 인생을 말해 주는 듯 슬픈 느낌을 준다.

―
「까밀 리와인드」, 당신은 인생에서 무엇을 바꾸고 싶나요?

내가 즐겨 듣는 강석우의 음악 방송에서 들려오는 크라이슬러의 「사랑의 기쁨」 바이올린 연주가 유난히 잔잔하게 느껴지는 가을 아침이다. 내가 왜 이 음악 방송을 그리 좋아하는지 꼭 집어서 말할 수는 없지만 아마도 방송 중에 소개되는 작가들의 삶과 철학, 경험과 지혜, 본인의 진솔함, 부드러움, 가끔 구렁이 담 넘어가는 듯한 임기응변과 재치, 연예인임에도 불구하고 클래식에 관한 폭넓은 지식 때문 아닐까? 또한 나의 모자라는 소양, 물질에 대한 탐욕 그리고 고개 숙일 줄 모르는 오만함을 매일 조금이라도 일깨워 주기 때문일 것이다.

날씨가 쌀쌀해지는데 프랑스 영화 「까밀 리와인드(Camille Rewind)」가 생각나 몇 자 적어 본다. 방송에서도 소개된 영화 관련 이야기인데, 조금 길지만 마음이 짠하고 따뜻해진다.

이 영화는 마흔 살이 된 여자가 25년 전 나이로 돌아가면서 벌어지는 이야기다. 앞으로 어떤 삶을 살게 될지 알고 있는 까밀은 다시 돌아갈 10대 시절에 잃고 싶은 것과 잃고 싶지 않은 것을 구분하기 시작한다. 자신을 힘들게 한 남편과 사랑에 빠지지 않으려고 무진장 애쓰고 돌아가시게 될 엄마에게는 매 순간 사랑을 고백하며 부모님의 목소리도 녹음해 놓는다. 엄마는 말괄량이 딸이 갑자기 다 늙은 여자처럼 자신을 소중히 여기는 것을 보고 머쓱한 반응을 보인다. 까밀은 모든 걸 되돌리고 싶지만 남편과 사랑에 빠지는 것을 막을 수 없었고 예정된 대로 남편과 사랑에 빠지고 엄마는 돌아가신다. 운명은 달라지지 않았다. 하지만 그녀의 마음은 달라졌다. 그녀는 엄마를 사랑할 줄 아는 딸로서 엄마를 떠나보낼 수 있었고, 남편과의 첫 만남에 사랑에 빠진 순간을 다시 겪으면서 까밀은 더 이상 그를 미워하지 않을 수 있었다. 고장 난 시계를 고쳐 주어 그녀를 과거로 돌려보낸 시계방 주인은 현재로 돌아온 까밀에게 이렇게 말한다.

"용기를 주렴. 바꿀 수 있는 것을 바꿀 수 있는 용기와 바꿀 수 없는 것을 받아들이는 마음의 평정을 그리고 그 차이를 아는 현명함을 말이야."

과거의 것들은 여전히 우리의 인생을 좌우한다. 물리 시간에 배운 것처럼 우리가 보고 있는 별은 현재 존재하는 것이 아니라 40억 년 전에 만들어진 것이다. 우리를 고통스럽게 만든 원인이라고 생각하는 과거의 상처도 이미 지나간 것일 뿐이다.

바꿀 수 있는 것을 바꿀 수 있는 용기, 바꿀 수 없는 걸 받아들이는 마음의 평정, 그리고 그 차이를 아는 현명함으로 까밀은 돌아가신 엄마의 목소리를 녹음한 테이프를 듣는다. 엄마는 집 안으로 잘못 날아든 작은 새를 사로잡아 밖으로 내보내면서 이렇게 말한다. "처음엔 꽤 추워도 따뜻해질 것이란다. 너의 집을 찾아가렴. 행운을 빈다."

어른으로서 혼자 살아가는 일은 추위 속에 집을 짓고 맨몸으로 던져지는 것과 같다. 하지만 까밀의 엄마 말대로 우리는 따뜻한 곳을 찾아낼 것이다. 그것은 행운이 필요한 일이며 우리는 반드시 행운이 찾아올 거라고 믿고 힘을 내어 살아갈 수밖에 없다.

당신은 인생에서 무엇을 바꾸고 싶은가?

그런데 생각해 보면 힘들고 어려워서 바꾸고 싶었던 그 순간이 있었기에 지금이 있다. "과거에 얽매여 있으면 인생의 다음 장으로 넘어갈 수 없다."라는 글을 떠올리며 이 글 읽으시는 분 모두 늘 따뜻한 곳에 계시기를 바란다.

　# 몬테의 「차르도시」를 신지아와 손열음의 연주로 들어 본다.

—
「패터슨」, 쨍하고 해 뜰 날

　벼르고 벼르던 「패터슨」이라는 영화를 보며 일상을 생각했다. 이 영화는 매일 반복되는 소소한 일상에 대한 이야기이다. 주인공 패터슨은 버스 운전사로 일하며 미국 뉴저지주의 소도시 패터슨에 산다(실제 이 도시가 존재하고 주인공 이름도 도시와 같다).

　그는 버스 운전을 하는 틈틈이 비밀 노트에 일상에서 일어나는 사소한 모든 것에 대해 시를 쓴다. 그의 일과는 아내와 소소한 이야기를 나누고 저녁에는 매일 애완견을 산책시키며 바에 들러 주위 사람들과 시시껄렁한 이야기를 나눈다. 이러한 일상이 반복되던 어느 날, 애완견이 패터슨의 아끼는 비밀 노트를 찢어 버린다. 절망에 빠진 패터슨은 그럼에도 불구하고 다음 날도 산책길에 나선다.

　산책길에 우연히 만난 일본인은 번역된 시는 비옷을 입고 샤워하는 것이기에 일본어로만 된 시를 쓴다고 한다. 또한 때로는 텅 빈 페이지가 더 많은 가능성을 선사한다며 빈 노트를 패터슨에게 건넨다. 패터슨은

"시란 결국 물 위의 낱말일 뿐…"이라고 하며 일본인이 주고 간 노트에 다시 시를 쓰면서 영화는 끝을 맺는다.

영화에서 보듯 반복된 일상이 때로는 지긋지긋하고 쳇바퀴 돌듯 지루해도 우리 인생은 가끔 기쁘고 즐거운 일들과 마주치고 아름다운 추억을 생성한다.

오늘은 이 작은 영화를 통해 별일 없는 일상의 가치를 발견한 시간이었고 지금껏 잘 버텨 준 일상에 고마움을 느낀 날이었다.

추신: 내게도 비밀 노트 같은 혼자만의 밴드가 있는데 제목이 「텅 빈 노트」이니 이 영화의 표현을 빌리자면 앞으로 더 많은 가능성이 있다는 뜻이다. 즉, 쨍하고 해 뜰 날 돌아온다는 말이다. 그러니 일상아, 늙지 말고 게 섰거라!

—
「우리를 이어 주는 것」

이 영화는 우리나라에서는 「부르고뉴, 와인에서 찾은 인생」이라는 이름으로 개봉했다.

원래 나의 술 취향은 정제된 부드러움과 과일 향기가 그윽한 싱글 몰트 위스키여서 식전주로 가볍게 마셔 본 게 전부인 와인에 대한 이 영화가 썩 내키진 않았지만 와이너리를 무대로 한 예술 영화 같은 느낌에 금방 푹 빠져들었고 극장 문을 나설 땐 허기짐도 잊은 채 와인에 취한 듯 희열을 느꼈다.

이 영화는 프랑스 부르고뉴의 한 와이너리에서 펼쳐지는 4계절의 시간적 변화를 그린 영화로 첫 장면에 나오는 "농부에게 매일 아침은 다르다."라는 독백의 단순한 표현과 아름다움에 매료되었다.

어린 시절부터 와인 시음을 배워야 했던 3남매는 유산으로 받은 포도밭을 거대한 상속세 때문에 팔 것인지 옥신각신하는 중에도 와인 제조하는 일을 계속해야 했다. 포도밭 일을 서툴게 하는 모습에 남매가 얼굴을 붉히기도 하지만, 서로를 감싸 주는 따뜻한 웃음이 화면 곳곳에 배어 있다. 그래서 영화 제목을 「우리를 이어 주는 것」이라고 했나 보다.

영화는 포도의 재배 및 수확과 와인이 만들어지는 과정을 사실적으로 보여 주는데 포도를 발로 으깨고 오크통에서 숙성해 와인이 만들어지는 모습과 포도 수확 후 일꾼들이 농장에 모여 밤새 축제를 즐기는 모습이 참 인상적이었고 와인을 통해 가족의 사랑 이야기를 들려주는 영화였다. 그중 사랑을 와인에 비교하는 대사를 소개한다. 3남매의 장남은 방랑자의 기질을 지녀 전 세계를 돌아다녔는데 아버지가 위독하다는 소식에 10년 만에 고향으로 온다. 이 장남과 갈등을 겪고 있던 호주에 사는 아내가 프랑스로 날아와 하는 말을 옮겨 본다.

"예전에 당신은 사랑하는 사람들에게 최고의 시간은 사랑이 시작되고 6개월 정도라고 했었죠. 나도 그 말이 맞는다고 생각했어요. 그런데 요즘 생각해 보니 사랑은 와인과 같아요. 사랑도 와인처럼 오래 숙성될수록 더 깊은 맛을 준다는 걸 당신도 아시죠?"

· Wine Fair

기내에서 자주 접했던 처음 수확한 포도로 만든 포도주인 보졸레 누보(Beaujolais Nouveau)같이 신선하고 향미가 가득한 느낌을 주었던 영화다. 매년 11월 셋째 주 목요일 출시되는 신의 물방울을 올해는 어디서 맛보게 될지 자못 궁금하다.

여름은 지났지만 팝 「Summer Wine」을 들어 본다.

전시회, 몽마르트르의 작은 거인 툴루즈 로트렉

50일째 이어지던 장마가 그치던 날, 후기 인상주의 화가였으며 몽마르트르의 작은 거인이라 불리는, 물랭루주 여인들의 치마 속에서 거의 평생을 보냈던 툴루즈 로트렉의 전시회에 들렀다.

전시회에 가 보니 내가 좋아하는 유화는 한 점도 없었고 석판화와 스케치, 몇 장의 수채화와 사진 그리고 일러스트 등이 있었는데 특히 일본 우키요에의 영향인지 석판화로 된 포스터가 두드러지게 눈에 띄었다(그래서 툴루즈 로트렉은 상업 미술의 아버지라 불렸으며 툴루즈 로트렉이 없었다면 앤디 워홀도 존재하지 않았을 것이라고 한다).

툴루즈 로트렉은 백작 가문의 아들로 태어났으나 부모의 근친혼으로 인해 뼈가 잘 부러지는 희소병이 있었다. 그래서 어릴 때 말에서 떨어져 두 다리가 골절되었고 이후 성장이 멈추어 140cm의 단신이 되었다. 그의 이런 신체적 열등감은 평생 그림을 통해서 달랬으며 그가 마음 편히 지낼 수 있는 유일한 사람들은 몽마르트르 뒷골목 사창가에서 일하는 매춘부들이었다. 그는 매춘 업소에서 많은 시간을 보내며 여인들의 옷 갈아입는 모습, 슬픈 속내를 나누는 모습 등 다양한 일상생활을 자연스럽게 그림으로 담아냈다.

젊은 연인이 지긋이 서로를 바라보며 침대에 누워 있다. 자세히 보면 그림 속 연인은 둘 다 여자이며, 레즈비언으로 보인다. (중략)

당시 그들 사이에서는 서로의 지친 육신을 보듬으며 정신적 위안을 얻는 레즈비언 관계가 유행처럼 번지고 있었다. 도시화가 진행되던 파리는 극심한 경제적 빈곤에서 탈출하기 위해 농촌에서 상경하는 여자들의 수가 급증하는 추세였고, 많은 여성이 생계를 위해 개인 매춘부로 길가에 나섰다.

로트렉은 동성애라는 대담한 주제를 아늑한 공간적 배경에 그려 냄으로써, 과장 없이 평범한 일상처럼 초연한 듯 표현했다. 아마도 불운한 삶을 살았던 로트렉이 그들에게 깊은 정서적 공감을 얻었기에 화폭에 그들을 담아내는 데 있어 주저함이 없었을 것이다. 게다가 여러 점을 그린 것으로 볼 때 이 주제에 대한 그의 애정을 엿볼 수 있다.

「침대에서」 그림 해설

그가 절망 속에 그린 그림들은 우리 삶의 고민과 고통을 대변해 주는 듯 위로가 된다. 마치 다자이 오사무가 『인간실격』에서 "미친 창녀들에게서 성모 마리아의 후광을 봤다."라고 표현하며 전쟁 후 일본인들의 고통과 좌절을 대변했듯이 말이다.

로트렉의 말을 옮겨 본다.

언제 어디서나 추함은 또한 아름다운 면을 지니고 있다. 아무도 그것을 알아채지 못한 곳에서 그것들을 발견하는 것은 매우 짜릿하다.

· 로트렉이 활동했던 물랭루주

"마흔 살이 될 때까지 그림을 그릴 수 있다. 그 후에 나는 붓을 놓을 생각이다."라는 말을 남긴 그는 약속도 지키지 못한 채 37살에 불우한 생을 마쳤다. 짧은 생애 동안 5천여 점의 작품을 남긴 로트렉, 그는 작았지만 많은 사람에게 감동과 그림에 대한 열정을 선사한 큰 거인임이 틀림없다.

—
전시회, 고흐 러빙 빈센트전(展)

고흐의 삶을 그린 애니메이션 영화인 「러빙 빈센트」는 125명의 화가에 의해 2년에 걸쳐 고흐가 유화를 그린 방식으로 제작되었는데 러빙 빈센트전은 영화 「러빙 빈센트」를 만든 제작 과정과 스토리를 담았다.

화가의 삶에서 죽음은 아마 별것 아닐지도 몰라.
하지만 별을 볼 때면 언제나 꿈을 꾸게 돼.
난 스스로에게 말하지.
왜 우리는 창공의 불꽃에 접근할 수 없을까?

난 내 예술로 사람들을 어루만지고 싶다. 그들이 이렇게 말하길 바란다.
마음이 깊은 사람이구나, 마음이 따뜻한 사람이구나.

고흐가 남긴 말이다.

고흐는 불행한 삶 속에서도 그림을 포기하지 않고 자신의 전부를 그렸으며 그림을 그릴 때만 마음의 안정과 기쁨을 얻었다는데 그의 가난, 그림에 대한 열정과 정열 그리고 고갱과의 갈등에 따른 내면의 고통 등을 생각하니 마음 한구석이 공허했다. 누워서 팔꿈치만으로 곡괭이를 휘둘러야 했던 탄광에 일부러 들어가 석탄 먼지를 한 움큼씩 들이켜는 광부들을 보고 자신의 배 속이 따뜻하고 넉넉한 것을 괴로워했고 자신의 거짓과 비열함에 분통을 터트리며 안락한 방에서 나와 벨기에의 탄

광촌에 머물며 광부들의 고통을 나누려 했던 따뜻한 마음을 가진 화가 고흐.

고흐가 그린 유화의 그림을 직접 본 게 아니라 감흥은 덜 했으나 그가 남긴 그림에 대한 사랑과 예술에 대한 애정을 이해할 수 있는 전시회였다.

—

누드화 전시회, Life is Short. Forgive Quickly. Kiss Slowly.

"이번 기회가 아니면 로댕의 「Kiss」를 비롯해 이 찬란한 명작들을 다시 볼 수 없다."라는 기사를 접하고 관람하게 된 로댕의 작품과 그의 연인 카미유 클로델, 이 비련의 여인에 대해 잠시 적어 본다.

로댕의 조각 때문일까? 영화 프로그램을 보던 중 「파리 시청 앞에서의 키스」라는 영화가 눈에 띄었다.

"Life is Short. Forgive Quickly. Kiss Slowly."라는 주제로 만든 파리지앵 사진작가 로베르 두아노의 다큐멘터리 영화라는데 참 가슴에 와닿는 글귀였다.

날씨가 끄물거리던 어제 오후, 세상에 둘만이 존재하는 듯한 욕망의 「Kiss」가 어떤 것인지 보험료 375억 원짜리 로댕의 대리석 작품을 보러

나갔다. 신의 손이라 불리는 로댕에 대해 아는 것이라고는 중학교 때 배운 오른손으로 턱을 받치고 있는 「생각하는 사람」밖에 없는데 이번에 새롭게 알게 된 「Kiss」는 서로에 대한 뜨겁고 부드러운 숨결을 마치 살아 있는 듯 섬세하게 묘사하여 역사상 남녀 간 사랑을 가장 위대하게 표현한 작품 중 하나로 평가된다고 한다.

난생처음 가 보는 누드화 전시회에서는 별 이상스러운 그림과 에칭 판화 및 조각 등이 전시되어 있었는데 남성의 몸을 통하여 강건하고 역동적인 측면을 부각한 조각이나 사적인 실내를 배경으로 한 목욕하는 여인을 그린 마티스 그리고 관능적인 모습을 더 풍만하고 빛이 나도록 핑크와 오렌지색의 부드러운 색을 이용하여 매우 정교한 모습을 담은 르누아르의 작품 등이 눈에 띄었다.

욕조 속 여인의 살결이 그대로 느껴질 것 같은 드가의 작품과 피카소가 87세에 그린 목걸이를 한 여성의 누드는 거장의 성에 대한 집착과 절망감을 보여 주었고, 죽음을 의식해서 만들었다는 에칭 판화는 환상을 묘사한 집단적 이미지로 관음과 에로티시즘을 표현하고 있었다.

한편 카미유 클로델은 로댕 하면 떠오르는 비운의 조각가로 영화를 통해 더욱 우리에게 알려진 인물이다. 19살에 로댕에 이끌려 제자로 입문하여 24살의 나이 차이를 극복하고 사랑에 빠진 로댕의 숨겨진 연인이다. 로댕은 이 여인으로부터 영감을 받아 수많은 명작을 탄생시킨다. 그러나 클로델은 로댕이 20년 동안 동거한 부인과 아이에게 돌아가자 충격을 받게 되고 로댕의 방해로 전시회에 자기 작품도 출품하지 못하는 등 불운에 휩싸이다 급기야는 자기의 작품을 부수는 정신 이상을 보여 30년 동안 정신 병원에 갇혀 지내다가 세상을 떠나게 된다.

재클린 뒤프레와 바렌보임, 클로델과 로댕 그리고 프리다 칼로와 디에고 리베라 등 곰곰이 생각해 보니 운명의 신은 결코 약자 편은 아니었다. "사랑은 자유로운 새"라는 「카르멘」의 가사가 유난히 생각나는 화요일 아침이다.

천 원의 행복과 가을밤의 연주회

오늘 아침 출근길에 기분은 경쾌했고 발걸음은 여느 때보다 가벼웠다. 이 기분 좋은 느낌은 전날 세종문화회관에서 열린 공연의 앙코르곡인 「헝가리 무곡」 5번이 안겨 준 유쾌한 후유증 때문이요, 지인의 도움을 얻어 단돈 천 원의 공연료로 관람해 수지맞은 탓도 있으리라.

브람스가 남긴 불후의 명곡인 「헝가리 무곡」은 집시들 특유의 열정이 담긴 변화무쌍하고 빠른 템포에서 오는 매혹적인 선율과 집시가 주는 애환의 느낌 때문인지 많은 지휘자로부터 앙코르곡으로 사랑을 받는 곡이다.

창단 20년이 되었다는 이 실내악단은 공연 내내 부드럽고 약한 선율로 시적인 감정을 관중들에게 불어넣었고 관객들은 귀에 익숙한 연주곡들의 음에 취하여 숨죽이며 연주를 감상했다.

난 세종문화회관 근처에 오면 늘 향수에 젖고는 하는데 어제도 예외는 아니었다. 연주곡으로 나온 피아졸라의 「리베르탱고(Libertango)」가 주는 슬픔이 녹아든 특유의 선율이 주는 향수 때문일 것이다. 결혼하기 전에 광화문 근처의 효자동에 살아서 이 공연장 주변을 친구 및 선후배들과 어울려 다녔으며 밤이 늦으면 그들과 우리 집에 우르르 몰려가 잠을 같이 잔 적도 많은데 익숙했던 동네 이 골목 저 골목의 자취가 요즘 흔적도 없이 바뀌어 사뭇 서운한 기분도 든다.

피아졸라의 「리베르탱고」를 들어 본다. 이 곡은 댄서를 위한 탱고가 아닌 일반 관객들에게 들려주기 위해 작곡된 클래식 탱고의 선구자인 셈이다.

추신: 따로 탱고 영상을 보니 붉은 옷을 입은 댄서의 자태가 참 섹시하고 도도하며 고혹적이다. 며칠 전 지면에서 말하길 탱고는 치매 예방과 우울증 치료에 도움이 되고 탱고의 율동은 여성이 오르가슴을 느낄 때의 심장 박동 수와 같다고 하는데 마침 오늘이 불금이니 탱고를 배우고 싶은 날이다!

바쁜 하루 일탈의 기쁨을 준 백혜선 연주회

연일 찌는 듯한 무더위였지만 출근하는 길, 흥얼거림이 계속되었고 발걸음은 가벼웠다. 그제 합창 연습의 즐거운 후유증 때문이다.

사무실에서 선적 기일을 지키느라 에어컨 바람 속에서도 땀을 흘리며 전화를 붙들고 열심히 일하는 직원들과 함께 오리백숙을 먹은 다음 나는 백혜선 피아노 연주회가 열리는 콘서트홀로 향했다.

29살에 최연소 S 대 교수로 발탁되어 10년 동안 재직하던 중 "음악가는 음악가 노릇을 해야 한다. 그럴듯한 간판에 안주해 버리면 박제가 될 거 같다."라며 교수직을 박차고 미국으로 공부하러 떠난 백혜선. 그때 다른 사람들은 "너 미쳤니?"라고 했단다.

청중은 백혜선의 매력과 베토벤의 대작을 기대하며 들떠 있는 모습이 역력했다. 백혜선은 모노크롬의 블루와 코발트색의 의상을 입고 나와 때로는 나비 같은 부드러운 선율로 때로는 불같은 정열의 선율로 콘서트홀을 채워 나갔다.

프로그램은 베토벤이 28살 때 귓병이 악화하여 목숨을 버리려고 하다가 "내 안에서 솟아나는 예술을 내놓기 전에 세상을 뜰 수 없다."라며 작곡한 주옥같은 피아노 협주곡 1번과 5번 등을 연주하였다. 1번의 1악장은 베토벤이 20대에 의욕을 갖고 작곡해서 그런지 젊음과 희망에 가득 찬 느낌을 주었으며 '가장 위대한 느린 악장'이라는 2악장은 백혜선 표현대로 순례자의 근엄한 노래를 연상하게 했고 3악장은 눈부시게 수직으로 비상하며 그 폭발력으로 축제의 장을 열어 준 듯했다.

공연장을 나서며 기쁘고 성취감을 느꼈을 때 가장 위험한 때라며 늘 자기 자신의 안이함을 경계한 백혜선의 자기 성찰을 떠올리며 오늘 더위 속 바빴던 삶의 현장을 벗어나 충만한 에너지와 감동을 선사한 나의 작은 일탈에 행복했던 날이었다.

「피아노 협주곡」 5번 「황제」 중 3악장을 들어 본다. 나폴레옹이 비엔나를 침공했을 때 베토벤이 숨어 지내면서 작곡한 곡으로 박진감이 넘치며 장대하다.

—
톨스토이의 『인생이란 무엇인가』와 『안나 카레니나』

더위가 한창인 지난여름 톨스토이 불후의 명작 「안나 카레니나」 관람했는데 최근 읽은 톨스토이의 『인생이란 무엇인가』가 생각나 철 지났지만 몇 자 적어 본다. 이 책은 톨스토이가 남긴 마지막 대작으로 위대한 철학자나 성현 그리고 성경에 나오는 부분을 매일매일 일력(日曆) 형태로 기록해 그의 인생관과 사상을 정리한 책이다.

톨스토이는 16살 연하인 부인 소피아와의 사이에 8남매를 두어 장남

세르게이의 자녀를 포함한 26명의 가족을 이룬다. 부인 소피아와의 사이는 별로 좋지 않아 톨스토이가 가출을 몇 번 시도하다 결국 82살에 가출하였으나 가출 후 얼마 되지 않아 시골 간이역에서 숨을 거둔다. 한편 그는 집필뿐만 아니라 우리가 몰랐던 교육 사업에도 심혈을 기울였다고 한다. 톨스토이는 『안나 카레니나』가 성공을 거둔 뒤 돌연 절필을 선언했는데 그간 위선적인 글을 써서 절필한다고 했지만, 삶에 대한 후회와 죽음에 대한 공포에서 비롯된 고뇌가 진짜 절필의 이유였고 이후 종교적 인도주의에 심취해 금욕 생활을 했지만 절필이 계속되지는 않아서 『크로이처 소나타』, 『부활』 등을 내놓는데 내가 읽은 『인생이란 무엇인가』에 나오는 몇 구절을 옮겨 본다.

우리는 인생에서 가장 큰 정신적 은혜를 책 속에서 얻는다.

물질적인 독물은 대부분 맛이 불쾌하지만 저급한 신문이나 악서 같은 정신적인 독물은 불행히도 아주 매혹적이다.

"행복한 가정은 서로 닮았지만, 불행한 가정은 모두 저마다의 이유로 불행하다."라는 첫 구절이 유명한 소설 『안네 카레니나』는 톨스토이가 4년 이상의 세월을 쏟아부은 역작이다. 『안네 카레니나』는 안나라는 귀부인의 내면에 자리한 사랑이 남편이 아닌 젊은 백작 브론스키에게 향하며 불꽃 같은 사랑을 불태우는데 백작의 사랑에 대한 의심과 질투심 그리고 지독한 외로움에 빠져 스스로 생을 마감하는 내용이다.

내가 보러 간 발레극 「안나 카레니나」는 당시 상류 계층의 화려한 의상인 발레복과 함께 지난 2월에 본 옥주현의 뮤지컬과는 다른 고전미와 현대 모던 발레의 요소를 가미하여 애절하고 안타까운 사랑과 비극적 운명의 격정을 발레 특유 동작으로 묘사하며 질투와 욕망 등 사랑의 감정을 표현하였다. 또한 아름다운 라흐마니노프의 선율이 중간에 흘러나와 관객들의 마음을 흔들며 원작 소설의 키워드를 잘 전달한 공연이었다.

\# 라흐마니노프의 「파가니니 주제에 의한 랩소디」 중 18변주 들어본다.

─
오페라 「피가로의 결혼」

오페라에 나오는 그 유명한 아리아인 「산들바람이 부드럽게(편지의 이중창)」를 연상하게 하듯 산들바람이 부는 지난주 토요일에 롯데 콘서트

홀로 향했다. 사람들은 프리마돈나 비바, 임선혜의 매력과 모차르트의 대작을 기대하며 들떠 있는 모습이 역력했다. 피가로의 백작이 수잔나를 넘보는 것은 중세 시대 평민이 결혼할 때 영주가 신랑보다 먼저 신부와 첫날밤을 보내는 초야권이라는 악명 높은 권리 때문인데 그 권리를 포기한 걸 후회하면서 일어나는 일들을 노래하는 희극이 오페라 「피가로의 결혼」이다.

"「피가로의 결혼」은 모차르트가 짜 놓은 촘촘한 틀 안으로 아름다운 음악 여행을 하는 것이다."라고 한 벨기에 르네 야콥스의 지휘로 연주가 시작되었다. 백작이 하녀인 수잔나를 유혹하는 대목에서 "네 목소리를 가슴에 담고 싶다. 네 목소리를 숭배한다."라는 달콤한 간들거림의 표현과 백작 부인이 "사랑이 모든 걸 용서한다."라고 하는 마지막 부분 대사가 특히 기억에 남았다.

#「피가로의 결혼」 서곡을 들어 본다. 참으로 경쾌하고 천진난만한 곡이다.

—
오페라 「라 트라비아타」, 한국의 비올레타

어제저녁은 빨간 치마를 입은 비올레타를 만나러 올림픽공원에 갈 생각으로 설레는 날이었다. 태양이라도 밝게 빛나면 좋으련만 비운의 비올레타가 가여워서인지 날씨도 흐릿했다.

　오페라 「라 트라비아타('버림받은 여자'라는 뜻이다)」는 베르디가 뒤마
필스의 소설 『동백꽃 아가씨』를 오페라로 만든 것인데 「라 트라비아타」
는 그를 최고의 작곡가로 장도에 오르는 데 결정적 역할을 한 오페라이
다. 계급 때문에 할 수 없이 화류계 생활을 하다 폐병에 걸린 비올레타와
귀족 집안의 아들 알프레도의 이루지 못한 사랑을 한국의 황진이처럼
재해석해서 올림픽 공원 무대 위로 올려졌다. 변사 채시라의 사랑에 대
한 간들거림과 애절한 표현들이 아직도 귓가에 맴돌고 올림픽 공원을
붉게 물들인 동백꽃의 무대와 수줍은 듯 부채로 얼굴을 가린 황진이 포
스터는 무대만큼 강렬했다.

　패션 디자이너 정구호가 연출한 무대는 발상의 전환을 통해 한국의
황진이와 이탈리아 비올레타를 절묘하게 빚어 만들어 냈다. 마지막 장

면에서 황진이가 쓰는 5m 쓰개치마에 놓인 동백꽃은 한복의 가진 아름다움의 극치를 보여 줬다. 사랑은 자유로운 새라는 카르멘의 「하바네라」와 사랑은 자유롭게 날아간다는 비올레타의 아리아를 외워 보려고 더듬거리는 동안 초승달이 사라져 버려 못내 서운했던 어젯밤이었다. 가을은 이 『동백꽃 아가씨』를 통해 내게 이렇게 다가왔다.

#「라 트라비아타」 중 「프로방스 내 고향으로」를 세계적인 바리톤 우주호의 음성으로 들어 본다. 알프레도의 아버지인 제르몽이 아들에게 고향으로 돌아오라고 부르는 유명한 아리아이다.

—
오페라 갈라 콘서트, 송년 음악회와 편지에 대한 단상

'송년 음악회'라는 이름에 솔깃하여 동기 송년회에 눈도장만 찍고 나와 공연장으로 달려갔다. 한국인이 가장 좋아하는 4대 오페라에 나오는 유명한 아리아만 발표하는 갈라 콘서트인데 비교적 덜 알려진 출연자들이어서 처음엔 좀 시시했지만, 시간이 지날수록 프로그램과 성악가들의 열창에 장내 열기는 뜨거워지며 깊은 감동과 추억을 선사했다. 아리아 중 편지와 관련된 아리아가 보여 느낀 대로 몇 자 적어 본다.

내 마음을 전달하는 대변인의 역할을 하는 편지는 때로 오페라의 중요한 소재가 되어 극적인 요소나 반전을 통해 재미있는 흥밋거리를 유발하거나 전환점을 예고하기도 한다. 예를 들면 「피가로의 결혼」 중 백작 부인과 하녀인 수잔나가 합심하여 백작을 골탕 먹이기로 하고 작전을 짜는 「편지의 이중창」이나 「라 트라비아타」의 알프레도 아버지 제르몽이 비올레타에게 보내는 편지를 읽고 비올레타는 자기의 희생을 알아주고 이제는 알프레도가 돌아온다는 것을 알게 되었지만 자신은 이제 죽음을 앞두고 있기에 처절하게 넋두리하는 아리아 「지난날이여 안녕」이 그 예이다.

최근 예술가들의 은밀하고 사적인 편지들을 모은 『예술가의 편지』라는 책을 읽었는데 남녀 정인(情人)들이 나누는 뜨거운 편지 내용에 눈길이 멈췄다. 특히 로댕의 애인이 된 클로델이 로댕에게 수영복을 사 달라고 하며 당신이 이곳에 있는 것처럼 다 벗고 잔다는 내용이나 프리다 칼로가 디에고에게 쓴 편지에서 "디에고 내 사랑, 당신의 소녀 프리다"라는 구절은 연애편지가 주는 달콤함에 상상력의 날개를 훨훨 펼치게 했다.

"말없이 건네주고 달아난 차가운 손, 가슴속 울려 주는 눈물 젖은 편지…." 아주 오래전 한동안 불러 댄 어니언스의 「편지」 중 한 대목이다. 멤버인 임창제가 신사동에서 커피숍을 한다니 가 보고 싶다. 그나저나 고교 시절 독서 클럽을 할 때 내 편지를 전해 받은 모 여고생 친구는 지금 어디서 뭘 하고 있는지?

오페라 「라 보엠」

　바람이 꽤 부는 날이었다. 바람의 심술 탓인지 은행이 후드득 소리를 내며 보닛에 떨어졌다. 바닥에 떨어진 대추도 주워 보니 한 줌 수북하다. 황순원의 『소나기』에 나오는 소녀가 건넨 대추 한 줌과 소년이 몰래 작대기로 후려친 굵은 호두가 생각났다.

　거의 두 달 만에 오페라 「라 보엠」을 보기 위해 극장으로 향했다. 오페라는 450년 전 바로크 시대 이탈리아에서 시작되었다. 오페라에는 비인간적으로 살아야 했던 여인들이 등장하는데 병들고 빈곤에 빠진 여인의 모습을 그린 많은 오페라 중 대표적인 작품이 「라 보엠」이다. 이 오페라는 크리스마스 시즌에 보아야 제맛이지만 「8월의 크리스마스」라는 영화도 있다며 스스로 위안했다. 그동안 제법 많이 「라 보엠」 공연을 보았으나 영화관에서는 처음 본 것이어서 그런지 말로는 형용할 수 없는 온갖 미사여구로 스크린이 꽉 채워진 공연이었다.

　"미인의 아름다움은 하늘에서 내려온다."라는 미미에 대한 로돌포의 찬사로 시작하는 「라 보엠」은 "오직 사랑만이 내게 명령할 수 있으며 봄의 첫 햇빛이나 4월의 첫 키스도 내 것이다."라는 미미의 표현이나 뮈제타가 늙은 동거인을 꼰대 또는 늙은 펠리컨이라 하고 자신을 남자 심장 먹는 맹금류라고 표현한 자막 등을 통해 스크린 오페라의 매력을 흠뻑 빠졌다(마르첼로와 뮈제타의 사랑싸움에서는 마녀나 두꺼비라고 부르는데 이탈리아 원어 표현 방식인가 보다).

마지막 4막에서 죽어 가는 미미를 위해 의사를 부르려고 가죽 코트를 전당포에 맡기며 전당포를 '성스러운 산'이라 표현할 때와 미미가 유언으로 금팔찌와 리본 그리고 기도문을 앞치마에 싸 달라고 할 때와 "이제 외로움의 둥지로 돌아간다며 후회는 없다."라는 미미의 마지막 인사에는 내가 로돌포라도 된 것처럼 매우 슬펐다.

무대 배경으로 나왔던 「Caffe Momus」가 파리 어디에 있는지 꼭 가 보고 싶어질 정도로 기억에 남은, 여태껏 본 그 어떤 멜로 영화보다 더 슬픈 오페라의 진수를 안나 네트렙코의 명연기를 통해 본 날이었다.

「라 보엠」은 '보헤미안 사람'이라는 뜻이다. 「그대의 찬 손」을 들어 본다.

—
오페라 「투란도트」, Vincero

코로나 확진자가 천 명에 육박한다는 뉴스에 한숨만 나오고 희망으로 향하는 터널의 끝이 보이지 않던 날, 투란도트가 상영되는 극장을 찾았다. 희망이란 단어를 접할 때마다 투란도트 공주가 칼리프 왕자에게 낸 첫 번째 수수께끼가 늘 떠오르고는 한다.

근심에 잠긴 사람들 곁을 날아다니다가 새벽이 오면 사라지지만 밤이 되면 모든 이의 가슴에서 다시 살아나는 것은? 답은 희망이다.

희망과 관련 있는 최근에 읽은 영어 저널의 글을 옮겨 본다. 사람이 행복해지는 데는 세 가지만 있으면 된다고 한다. 사랑할 사람(Someone to Love), 해야 할 일(Something to do) 그리고 희망을 품을 대상(Something to hope for)이 그것이다.

사람 한두 명밖에 없는 텅 빈 극장을 뒤로하며 "세상의 빛은 사랑이다."라고 푸치니가 남긴 생의 마지막 작품 마지막 대사에 내가 미소 짓는 이유를 알 수 없었다.

「투란도트」의 탄생 배경에 대해서 알아본다.

생명과 바꾼 걸작「투란도트」

푸치니는 65년 생애 동안 모두 12곡의 오페라를 작곡했는데 나이가 들어 예술적 창작의 참된 왕관도 보지 못하고 세상을 하직하는 것이 아닌가 하는 불안이 계속되었다. 그의 명성과 인기는 높아 밤이 되면 모든 라디오 방송국에서 그의 오페라가 흘러나왔다. 이때부터 그는 이제까지 쓴 모든 것을 능가하는 장엄하고도 총괄적인 작품을 쓸 생각이 들었다. 그래서 시작한 것이「투란도트」이고 이 오페라 작업은 약 4년간 계속되었다.

이 무렵 푸치니는 수면제 없이 밤잠을 잘 수가 없었고 각성제 없이는 낮에 아무것도 생각해 낼 수가 없어 그의 몸은 여위게 되었다. 그래서 이런 한탄스러운 글을 남겼다. "나는 매일 시간마다 분마다「투란도트」만을 생각하고 있다. 이때까지의 내 음악 전부가 이제는 마음에 들지 않는다."

그는 날이 갈수록 변덕스러워지고 신경질을 부리게 되었으며 이 무렵 그가 남긴 일기에는 이렇게 적혀 있었다. "아름다웠던 것, 살아간다는 모든 것이 끝장이다. 목이 아프고 마음이 울적하다." 아마 신경 쇠약증에 걸렸던 것으로 추측되며 점점 마음의 평형이 무너지는 것을 엿볼 수 있다.

토스카니에게 "나에게는 이 뒤로 완성할 시간이 있을는지 모르겠고 만약 없다면 「투란도트」를 초연할 때 관객들에게 작곡가는 여기까지 작곡하고 죽었다."라고 말해 달라고 부탁했다. 결국 후두암이 재발하여 사망하는데 장례식에서는 무솔리니가 추도사를 했다. 「투란도트」를 작곡하면서 죽어 간 푸치니, 「투란도트」가 생명을 빼앗은 것은 아니지만, 어느 정도 푸치니의 생명을 단축했다고는 할 수 있을 것이다. 「투란도트」의 마지막 부분은 제자에 의해 완성되었다.

『바흐의 두개골을 열다』 중에서

「네슨 도루마(Nessun Dorma 아무도 잠들지 마라)」를 들어 본다. 이 곡은 루치아노 파바로티의 시그니처 곡이라 할 수 있다. 파바로티는 공연이 잘못될까 봐 부적처럼 늘 구부러진 못을 가지고 다니고 흰 손수건만을 고집했다. 파바로티가 외치는 맨 마지막 가사인 "Vincero(승리하리라)"라는 말은 사람을 집어삼키는 마력과도 같은 깊은 울림을 준다. 그가 유머와 위트 그리고 따뜻한 마음을 모든 사람의 가슴에 남겼듯이….

추신: 네슨 도루마는 아내가 좋아하는 김호중이 「미스터 트롯」에서 열창해 유명해진 곡이기도 하다. 나는 아들 결혼식에서 「Sun Rise, Sun Set」이라는 노래를 주례사 서두에 불렀는데 나도 언젠가는 많은 청중이 운집한 가운데 아내 앞에서 "Vincero!"라고 외치며 김호중의 콧대를 꺾어 주고 싶다. 그때가 딸 결혼식 날이면 더할 나위 없이 행복하겠다.

에필로그
....
성장의 기쁨

　　　　메모를 하고 글을 정리할 때는 매번 나는 왜 이 글을 쓰냐고 스스로 되물어 보았다. 그동안 모인 글을 다시 읽으며 이제 그 답을 생각해 본다.

　음악가들은 작곡을 하면서 머리에 떠오른 심상을 악보에 옮긴다고 한다. 그렇다면 나도 나만의 악상을 여기에 적고 싶었던 것은 아니었을까? 수없이 많이 다닌 여행의 여정에서 떠오른 느낌과 예술과의 만남은 나에게 삶의 의미를 생각하게 해 주었다. 길에서 본 하늘, 태양, 바람, 낯설지만 따뜻한 사람들의 기억은 감탄이 되었고 책과 그림 그리고 음악을 통해 소통했던 예술가들은 내 삶에 깨달음을 더해 주었다.

　이런 감탄과 깨달음은 내 안에서 하나의 악상으로 그려 낸 나만의 선율이 되었다. 이 선율은 내 삶과 영혼이 진부하지 않게 끊임없이 성장하며 늘 새롭게 걷기를 바라는 주문이다. 그 소망과 바람이 내가 이 글을 쓰게 된 이유이다.

　나의 작은 의식(Ritual)이 되어 버린 한강 변 산책, 한강 변에는 초가을을 만끽하려고 산책을 나온 사람들과 젊은이들의 웃음이 넘쳐 난다. 동행한 반려견들은 자기들의 천국인 양 뛰어다니며 서로를 탐색한다. 나는 가끔 감정의 파도가 일렁일 때는 반려견과의 산책으로 진정을 한다. 곁에 조용히 기대앉은 심바와 눈을 맞춰 교감을 나누고 따뜻한 강아지의 체온을 느끼면 감정의 파도는 어느새 밀려 나간다.

· 내 친구 심바

우리 집에 입양된 지 11개월째인 심바가 나와 우리 가족을 통해 기쁘고 행복하며 따뜻한 사랑을 느끼기를 바란다. 지금도 무릎에 얌전히 누워 인내하는 나의 깐부이고 심복이며 우리 집의 파수꾼인 심바, 그 일관된 충성심에서 경이로움마저 느껴진다. 오롯이 나를 위로해 주는 이 작은 생명체에게 감사하며 "인간과 다른 종과의 교감은 우리의 영혼을 성장시킨다."라고 한 동물학자 사이 몽고메리의 글을 옮겨 본다.

성장은 세상을 더 아름답게 바라보게 하고 그때 느낀 기쁨은 일시적이 아니라 지속적인 기쁨인 것이다.

그리움으로 돌아보는 발길 그 풋풋함을 바라보며

문학박사 고석호

　　내 친구 이선율은 돈키호테와 햄릿이 반반 섞인 진짜 재미있는 인물이다.

　　축구에 대한 열정을 보면 감성과는 거리가 있어 보이다가도 클래식과 오페라를 즐기고 화가와 음악가 등 예술가들의 삶과 작품의 배경을 설명하는 해박한 지식을 가진 것을 보면 감탄을 하게 된다. 그리고 회사 경영의 바쁜 일정에도 책 읽기를 즐기고 매년 읽는 독서량도 놀랍다. 거르지 않는 새벽 운동도 드러내지 않는 장학 후원도 그를 설명하는 것 중 하나이다.

　　소대장 특유의 고집과 리더십 이면에 정도 많고 눈물도 많다. 하늘로 떠난 두 친구의 장례식에서 고집 센 이 친구의 눈물은 진솔함이고 따뜻함이라 살가움이 더 커진 사람이다. 막내둥이인 필자는 특히 어머니의 사랑이 더더욱 유별나다. 그래서일까 지난 12월 어머니 기일을 준비하며 이 친구 덕에 감사함도 아쉬움도 눈물로 담았던 나였다.

　　2년 전에는 그가 휠체어 합창단과 함께 노래를 부르는 모습에 감동을 한 기억이 난다. 그는 내게 이런 친구이다.

그 친구가 책을 낸단다. 좋은 소식이 계속 웃음을 만든다. 즐거운 들뜸으로 추천사를 쓰며 감상에 빠진다. 미사여구가 문장마다 비집고 들어올까 봐 겁이 난다.

틈틈이 글을 쓰고 정리한 것이 벌써 책 한 권 분량이 되었다는 사실에는 반가움과 동시에 놀라움을 금치 못했다.

이 책은 해외 출장을 자주 나가는 친구가 현지에서 받은 느낌을 차곡차곡 빼곡히 모아 둔 책으로 다채로운 이국적 정서를 일상에 연결하며 대화하듯 풀어내고 있다.

지루하지 않게 짧은 분량으로 꾸며진 글들은 담백하지만 감성을 자극하는 데 남지도, 부족하지도 않으리라!

선배를 바라보는 마음

　　이선율, 그가 책을 낸다고 한다. 늘 예상치 못한 경계를 넘나드는 그의 모습에 또 한 번 감동을 받는다.

　그를 처음 만난 것은 1980년 3월이다. 나는 대학교 3학년 때 ROTC에 입단했는데 거기서 군기 교육을 담당하는 1년 선배인 그와 운명적으로 만났다. 이른 아침에 집합하여 얼차려와 구보 그리고 각종 행동 제재로 괴롭히는(?) 그의 교육에 심신이 꽤 힘들었다. 그러나 왠지 그가 싫지 않았다. 로봇과 같이 정해진 대로 한 치의 틈도 보이지 않는 철저함과 후배들에 대한 진심 어린 교육 스타일 때문이었던 것 같다. 그의 모범적이고 솔선수범하는 후배 교육에 힘입어 장교 후보생으로서의 자긍심과 자부심을 갖게 되었다.

　그랬던 그가 사회에 나와서는 옛날의 살벌했던(?) 모습은 온데간데없이 사라지고 유머러스하고 온정 많은 모습으로 변해 나타났다. 후배들의 경조사를 챙기는 것은 물론이고 자주 어울리며 한 달에 한두 번은 선술집에 집합시켜 선후배 간의 정분을 쌓는다. 식사 자리에 참석할 때는 늘 술을 지참하는데 브랜디드 위스키, 싱글 몰트, 와인, 백주 등등 세계적인 명주를 들고 나타나 참석자들의 환호를 받는다. 특유의 유머와 위트로 좌중을 주도하는 리더십은 그만의 능력이며 매력이다.

그는 지금까지 30여 년 동안 아침 일찍 일어나 헬스와 수영을 하고 음악을 들으며 하루를 시작하는 꾸준한 자기 관리를 통해 건강한 몸을 지키고 있다. 그는 취미 활동으로 축구팀을 만들어 커뮤니티를 발전시키며 지인들과의 친목을 도모하는 데 중추적 역할을 한다. 얼마나 축구를 좋아하는지 1년 사이 양쪽 발목의 아킬레스건이 번갈아 끊어져 수술을 받았을 정도로 극성스럽다. 또한, 음악을 좋아하는 네트워크 모임을 만들어 120여 명의 회원을 이끌기도 하였는데 클래식 음악과의 관계도 특별하다. 그가 끼고 다니는 이어폰에는 늘 피아노 소리가 흐르고, 해외 출장에서는 틈틈이 시간을 내어 음악의 역사가 깃든 유적지를 방문한다. 특히 슈베르트, 쇼팽, 베토벤의 「피아노 소나타」를 좋아하여 타임머신을 타고 음악의 거장들이 살던 시대와 현장으로 돌아가 가곡의 왕, 피아노의 시인, 악성(樂聖) 등과 대화하며 음악적 교양을 쌓고 있다.

4년 전 잠실 롯데 콘서트홀 공연 초청장을 받았던 일이 있는데, 본인이 출연하는 합창단의 발표회였다. 휠체어 합창단과 활동하며 이번에 합창 공연을 한다는 거다. 하얀 셔츠에 검정 연미복을 입고 무대에 서서 당당히 노래하는 포스는 영락없는 호세 카레라스다. 몇 달 후 합창단원들과 함께 호주까지 날아가 공연을 하고 오는 저력으로 잊을 수 없는 인생의 감동과 추억을 만들기도 했다. 이렇게 그는 사회봉사 활동에도 적극적이어서 이타(利他)와 배려지심(配慮之心)을 몸으로 실천한다.

책임감과 사명감이 투철하고 늘 자기 계발에 힘쓰는 성실함을 갖고 있으며 사랑을 알고 배려와 봉사를 실천하며 문학과 스포츠 그리고 음악을 좋아하는 이선율!

　근자에 그는 아침마다 반려견과 산책을 하는 것이 커다란 낙(樂)이라고 한다. 젊어서 열정적으로 사업에 힘쓰고 호연지기를 실천하더니 이순(耳順)을 넘어선 시점에 잠시 멈춰 서서 뒤를 돌아보는 것 같다. 바쁘게만 뛰어다니던 그가 반려견과 사랑에 빠졌다고 하니 인생을 달관하고 우화등선(羽化登仙)하여 신선이 되었나 싶어 잔잔하게 미소가 번진다.

　이 책은 도연명의 「귀거래사(歸去來辭)」를 연상하게 한다. 천육백 년 전 오류선생(五柳先生)은 그의 시 「음주(飮酒)」에서 "채국동리하 유연견남산(彩菊東籬下 悠然見南山)"이라고 하여 "국화를 꺾어 들고 남산을 바라본다."라고 했다. 오늘 선율선생(旋律先生)은 "매조동행구 유연견한강(每朝同行狗 悠然見漢江)"이라고 "아침마다 견공을 데리고 나가 한강을 바라본다."라고 하는 듯하다.

　이 책은 그에게 하나의 시작일 게다. 앞으로 이어질 그의 문학적, 역사적, 음악적 깊이 있는 글들이 또 다른 모습으로 감동을 줄 것으로 믿는다. 그의 내공이 어디까지 깊어질지 경건히 기대해 본다.

　그와의 식사 약속이 기대된다. 이번엔 또 어떤 술을 갖고 나올까…

2022년 입춘, 40년 인연의 후배 조한슬